AF474485

L'ORDRE DES PRIMATES

PARALLÈLE ANATOMIQUE

DE L'HOMME ET DES SINGES

PARIS. — TYPOGRAPHIE A. HENNUYER, RUE DU BOULEVARD, 7.

L'ORDRE DES PRIMATES

PARALLÈLE ANATOMIQUE

DE L'HOMME ET DES SINGES

PAR

M. PAUL BROCA

PROFESSEUR A LA FACULTÉ DE MÉDECINE DE PARIS
SECRÉTAIRE GÉNÉRAL
DE LA SOCIÉTÉ D'ANTHROPOLOGIE

PARIS
REINWALD, LIBRAIRE-ÉDITEUR
15, RUE DES SAINTS-PÈRES

1870

L'ORDRE DES PRIMATES

PARALLÈLE ANATOMIQUE DE L'HOMME ET DES SINGES

§ 1. — *Position de la question. Division des primates en cinq familles.*

L'origine de cette discussion est assez éloignée pour qu'il ne soit pas inutile de rappeler aujourd'hui comment elle a débuté. Il y a quinze mois environ, M. Dally présenta à la Société d'anthropologie sa traduction française de l'ouvrage anglais du professeur Huxley, sur *la Place de l'homme dans la nature.* L'auteur et le traducteur, vous ne l'ignorez pas, sont partisans de l'hypothèse du transformisme; toutefois M. Dally, dans sa courte communication, ne crut pas devoir exposer cette doctrine, il se borna à dire que les faits groupés avec tant d'art et de clarté par M. Huxley assignaient une place à l'homme dans l'ordre des primates. Une petite discussion s'ensuivit aussitôt, et plusieurs orateurs s'étaient déjà fait inscrire, lorsque M. Dally, en réponse à un défi de M. Pruner-Bey, s'engagea à présenter bientôt à la Société un travail où il se proposait de prouver qu'*il y a moins de différences entre l'homme et certains singes, qu'il n'y en a entre ceux-ci et certains autres singes;* on décida alors que la discussion serait ajournée jusqu'à la lecture de ce travail.

Obligé de quitter Paris peu de temps après, M. Dally ne put tenir immédiatement sa promesse, et c'est seulement au mois de décembre dernier qu'il vous a lu son remarquable mémoire sur *l'Ordre des primates et le Transformisme.*

La question que M. Dally avait promis de traiter était une question de zoologie pure. Il s'agissait de savoir si l'on devait conserver la distinction classique de l'ordre des bimanes et de l'ordre des quadrumanes, et la discussion, ainsi limitée, pouvait se maintenir sur le terrain des faits. Mais notre collègue a tenu plus qu'il n'avait promis. Au lieu de traiter seulement la question mise à l'ordre du jour, il a traité en outre la question du transformisme. Il a d'ailleurs parfaitement compris que ces deux sujets étaient distincts, qu'il y avait avantage à les séparer, et il les a séparés en effet, puisqu'il n'a abordé le second que dans la dernière partie de son mémoire. Il était évident, néanmoins, que pour lui la discussion zoologique n'était que le moyen, et que le transformisme était le but. De la sorte les deux questions, quoique essentiellement distinctes en principe, se sont trouvées fusionnées en fait. Je le regrette beaucoup pour ma part, car il est arrivé, ce qu'on pouvait aisément prévoir, que l'hypothèse du transformisme a fait sur les esprits une diversion assez puissante pour faire oublier presque constamment le point de départ de la discussion. C'est en vain que la Société, dès le premier jour, a décidé que le débat serait scindé, qu'il roulerait d'abord exclusivement sur les faits d'anatomie et de zoologie, que l'examen du transformisme serait réservé pour une époque ultérieure; les adversaires de M. Dally n'ont pas eu plus de patience qu'il n'en avait eue lui-même, et, quoique M. le président ait fait tous ses efforts pour les ramener sans cesse à la première question, leur argumentation a presque toujours été faite en vue de la seconde. J'en excepte M. Magitot, qui s'est borné à étudier l'anatomie et l'évolution du système dentaire chez les primates, sans autre intention que celle de constater des faits; mais on a si peu compris la possibilité de séparer les faits des hypothèses, qu'on a accusé M. Magitot d'avoir un but inavoué, et qu'on en a fait un transformiste malgré lui.

Il me paraît donc nécessaire de démontrer, tout d'abord, qu'il n'y a absolument aucune solidarité entre la question de l'ordre des primates et celle du transformisme. Les adversaires du darwinisme classent les chiens, les chats, les ours dans un seul et même ordre, l'ordre des carnassiers, sans se croire obligés pour cela d'assigner à ces divers animaux une origine commune ; pourquoi donc se croiraient-ils obligés de donner à l'homme des ancêtres simiens, s'il se trouvait classé dans le même ordre que les singes? D'un autre côté, les darwiniens n'hésitent pas à admettre que la sélection naturelle et les actions de milieux peuvent, par la suite des siècles, amener des divergences de structure bien plus grandes que celles qui séparent les ordres zoologiques. Ils peuvent donc appliquer leur hypothèse à l'origine de l'homme sans avoir besoin de réunir préalablement l'homme et les singes dans l'ordre des primates. Ainsi la solution de la question zoologique ne préjuge en rien celle de la question que M. Giraldès a appelée *étiologique*, et la seconde partie de la discussion le prouvera sans doute, car vous verrez plus d'une fois ceux qui avaient plaidé en faveur de la première thèse de M. Dally s'inscrire contre la seconde. C'est ce que je ferai pour ma part.

Aujourd'hui donc je me bornerai exclusivement à chercher quelle est la place que l'anatomie comparée doit assigner au genre Homme dans la classification des mammifères. Les caractères qui distinguent ce genre des autres ont-ils la valeur de ceux qui constituent les classes, ou les sous-classes, ou les ordres, ou seulement les familles? Telle est la question que je me propose d'examiner.

C'est la question qui se pose partout en zootaxie. On pèse les analogies et les différences ; on fait ou on défait les groupes, sans autre but que de trouver les meilleures divisions, les divisions les plus naturelles, et sans se départir du calme qui doit toujours présider aux recherches scientifiques. Ce calme nous serait-il interdit ici, parce que nous nous trouvons nous-mêmes en cause? Mais si une Société d'anthropologie a été fondée, c'est sans doute pour appliquer à l'étude de l'homme les procédés de la science. Suivons donc la méthode que nous suivrions si nous avions à classer un animal nouvellement découvert, et procédons comme auraient pu le faire Micromégas et l'habitant de Saturne, s'ils avaient appliqué leurs innombrables sens à la classification des êtres terrestres.

Je me demande, en vérité, quels sont ceux de mes collègues que cette étude pourrait émouvoir ou chagriner? Ce ne sont pas, à coup sûr, les partisans du règne humain, car leur doctrine ne repose pas sur des bases matérielles. Les caractères intellectuels et moraux, qui furent seuls mis en œuvre dans la grande discussion de 1866, sont entièrement étrangers au débat actuel, qui roule exclusivement sur la morphologie et l'anatomie comparée. Le règne humain a été institué précisément pour laisser le champ libre à l'appréciation des caractères physiques de l'homme; et s'il fallait le démontrer, je rappellerais qu'Isidore Geoffroy Saint-Hilaire, le promoteur du règne humain, est, de tous les auteurs qui ont écrit sur les primates, celui qui a le plus vigoureusement repoussé l'ordre des bimanes : il a prouvé, et, je pense, prouvé victorieusement, que les caractères qui distinguent le groupe humain des groupes simiens ne sont pas de valeur *ordinale,* mais seulement de valeur *familiale*; qu'en d'autres termes, le genre Homme ne forme pas un ordre séparé, mais seulement une famille de l'ordre des primates. Les partisans du règne humain sont donc désintéressés dans la question que je discute aujourd'hui.

Quant à ceux qui, plaçant l'homme dans le règne animal, mais inquiets cependant du voisinage des singes, ont essayé de se mettre à l'aise en appliquant au groupe humain des principes de classification différents de ceux qui régissent le reste de la zoologie, ils peuvent se mettre plus à l'aise encore en adoptant le règne humain. Il n'y a pas de milieu : ou bien l'homme n'est pas un animal, et alors il n'y a pas à le classer ; ou bien l'homme fait partie du règne animal, et alors il faut qu'il subisse la loi commune des méthodes zoologiques. Ainsi rien, ni dans la forme, ni dans la structure, ni dans les fonctions, ne permet d'admettre avec Zenker que l'homme constitue à lui seul l'une des trois *sphères* ou l'un des trois *embranchements* de l'animalité. La thèse de Carus, qui se borne à faire de l'homme une *classe* à part, n'est pas plus soutenable. L'homme a des vertèbres, il ne peut donc être séparé de l'embranchement des vertébrés ; il a des mamelles, il ne peut donc être retiré de la classe des mammifères. Ces deux premiers points, je l'espère, ne seront pas contestés.

C'est donc dans la classe des mammifères qu'il s'agit de déterminer la place de l'homme. Or il existe, au-dessous des grandes divisions qui portent le nom de *classes*, plusieurs catégories ou subdivisions de moins en moins générales, de plus en plus restreintes, qui conduisent de la classe à la sous-classe, de la sous-classe à l'ordre, de l'ordre à la famille, de la famille au genre, et enfin à l'espèce. Nous devons donc nous demander d'abord si l'homme ne constituerait pas à lui seul une sous-classe dans la classe des mammifères.

Cette question a été résolue affirmativement par le célèbre naturaliste anglais M. Richard Owen, auteur d'une classification dont les divisions primaires reposent sur la structure de l'encéphale. Dans cette classification, les mammifères sont répartis en quatre sous-classes, dont la première, désignée sous le nom d'*archencéphales*, ne comprend qu'un seul ordre, les bimanes ; une seule famille, les hominiens ; un seul genre, le genre Homme. Les *gyrencéphales*, dont le cerveau est couvert de circonvolutions ; les *lissencéphales*, dont le cerveau est lisse ; les *lyencéphales*, dont les hémisphères ne sont pas unis par un corps calleux, forment les trois autres sous-classes. Ces trois dernières divisions ont donné lieu à des objections nombreuses ; mais, si l'on a pu leur reprocher d'être systématiques, de rompre souvent les affinités et d'établir des rapprochements forcés, on doit reconnaître du moins qu'elles ont l'avantage de reposer sur un caractère simple, important, évident, nettement déterminé. On n'en peut dire autant de la première, car le cerveau des archencéphales diffère tellement peu de celui des gyrencéphales supérieurs, que M. Owen n'a pu l'en distinguer que par des caractères tout à fait secondaires. J'ajoute, et je le prouverai plus loin, que ces caractères ne sont pas réels ; mais quand même ils le seraient, quand même les singes n'auraient dans leurs hémisphères cérébraux ni la cavité ancyroïde ni le petit hippocampe que l'on trouve chez l'homme, quand même leur cerveau ne recouvrirait pas entièrement leur cervelet, ce ne seraient là que des différences légères, presque accessoires, moindres que celles que peuvent présenter des animaux rangés dans le même ordre, et tout à fait insuffisantes à plus forte raison pour établir la distinction de deux sous-classes. Je ne crois pas devoir insister davantage sur ce sujet ni sur les débats orageux qu'il a suscités parmi les zoologistes de la Grande-Bretagne.

La *sous-classe* à laquelle l'homme se rattache est celle des mammifères *monodelphes*; et dès le moment qu'il ne constitue pas à lui seul une sous-classe, il ne peut plus constituer qu'une division moins générale, tout au plus un *ordre* des mammifères monodelphiens. Mais il pourrait se faire encore qu'il ne formât qu'une espèce, c'est-à-dire une partie d'un genre, dont les autres espèces seraient prises parmi les singes supérieurs ; ou qu'un genre, c'est-à-dire une partie d'une famille dont les autres genres seraient encore pris parmi ces mêmes singes ; ou enfin qu'une famille, c'est-à-dire une partie d'un ordre dont les autres familles seraient prises parmi les mammifères supérieurs.

De ces trois hypothèses, il en est deux que je me permettrai d'écarter sans discussion. L'homme diffère évidemment des singes plus que ne diffèrent deux espèces d'un même genre, plus que ne diffèrent deux genres d'une même famille. Si l'on a pu méconnaître cette évidence, c'est parce qu'on avait de faux rapports, de fausses notions sur les prétendus *hommes des bois*. Aujourd'hui cette discussion serait superflue, je dirai même presque ridicule.

Après avoir ainsi resserré successivement de haut en bas et de bas en haut les deux limites du débat, après avoir reconnu que l'homme ne peut constituer ni plus qu'un ordre ni moins qu'une famille, il ne reste plus à choisir qu'entre deux alternatives. Faut-il admettre, avec Blumenbach, Duméril, Cuvier et la plupart des auteurs contemporains, que l'homme forme à lui seul le premier ordre des mammifères, l'*ordre des bimanes*, distinct de l'*ordre des quadrumanes* par des caractères de *valeur ordinale?* Ou, avec Charles Bonaparte, Dugès, Godman et Isidore Geoffroy Saint-Hilaire, que ces caractères distinctifs sont seulement de *valeur familiale*, et que les deux ordres des bimanes et des quadrumanes doivent être fusionnés dans l'*ordre des primates*, dont l'homme ne constituerait que la première famille ?

C'est cette question que je viens discuter devant vous, et il n'y aurait pas lieu de le faire si la valeur des divisions appelées *ordre* et *famille* et la nature des caractères sur lesquels elles reposent étaient déterminées avec une rigueur absolue. Mais c'est là un des points sur lesquels les zoologistes s'accordent le moins, et il suffit, pour s'en convaincre, de comparer leurs diverses classifications. Ainsi les solipèdes, qui sont un ordre pour les uns, ne sont pour d'autres qu'une famille de l'ordre des pachydermes ; et ce n'est qu'un exemple entre cent. Cela dépend du degré d'importance que l'on accorde aux caractères distinctifs des divers groupes, et cette appréciation est nécessairement toujours un peu arbitraire. M. Agassiz, dans un ouvrage récent, s'est efforcé de substituer à ces tâtonnements une règle fixe, qu'il a très-bien formulée en disant que l'ordre est l'expression d'une certaine *structure*, et que, parmi les animaux qui possèdent cette structure, ceux qui ont les mêmes *formes* ou des formes semblables constituent une famille. Il est clair que, là où la forme diffère, la structure diffère aussi plus ou moins; on conçoit toutefois que de grandes différences de forme puissent coïncider avec des différences de structure légères, superficielles, et d'une valeur tout à fait secondaire[1]. En principe, par conséquent, la caractéristique de l'ordre par la structure et de la famille par la forme est parfaitement rationnelle ; mais, dans l'application, cette formule n'échappe pas aux appréciations contradictoires, car on peut toujours se demander où commencent et où finissent les différences de structure qu'on appelle *familiales* et celles qu'on appelle *ordinales;* c'est une question dont les éléments peuvent varier beaucoup suivant les cas, et, comme toutes celles où il s'agit d'apprécier le plus ou le moins, elle est souvent sujette à contestation.

Mais, dans le cas particulier qui nous occupe, ces difficultés s'aplanissent singulièrement ; car il est de toute évidence que les différences anatomiques qui existent entre l'homme et les anthropoïdes sont infiniment moindres que celles qui, partout ailleurs, sont jugées nécessaires pour établir la distinction des ordres zoologiques. Et je ne parle

[1] La forme, considérée en elle-même, donnerait souvent les résultats les plus trompeurs. Elle ferait par exemple ranger les baleines parmi les poissons. Mais la forme subordonnée à la structure, et appliquée, comme le fait Agassiz, à la détermination des groupes qui ont une structure commune, est la meilleure caractéristique des groupes naturels.

pas seulement des ordres incontestés, je parle même de ceux qui n'ont été proposés que par un seul auteur. Je ne crois pas que jamais personne ait essayé de distinguer deux ordres pour si peu. On m'objectera peut-être que, dans la série, certains genres ou certaines familles, situées à la rencontre de deux ordres, peuvent ne rentrer nettement dans aucun d'eux et ne différer de celui dont on les sépare que par des caractères peu accusés. Je reconnais, par exemple, que l'aye-aye, rangé tantôt parmi les rongeurs, tantôt parmi les primates, diffère moins de chacun de ces deux ordres que l'homme ne diffère des singes. C'est la conséquence de la distribution sériaire des êtres. Si la série s'étendait au delà de l'homme, s'il y avait au-dessus de lui un ou plusieurs autres ordres zoologiques, il se pourrait que, placé comme un genre intermédiaire entre ces ordres supérieurs et l'ordre dit *des quadrumanes*, il fût aussi rapproché de ceux-là que de celui-ci. Il y aurait lieu alors, comme pour l'aye-aye, de peser les analogies et les différences, de discuter s'il convient de rattacher l'homme à tel ou tel ordre ; et, quelque légers que soient les caractères anatomiques qui le distinguent des anthropoïdes, il pourrait se faire qu'on fût conduit à répartir ces deux groupes dans deux ordres séparés. Mais la série s'arrête à l'homme ; ce ne sont donc pas des différences *relatives* qu'il s'agit d'apprécier, ce sont les différences *absolues*, et ce sont aussi les affinités. Celles-ci ont pu être méconnues à une époque où la science ne possédait que des notions tout à fait incomplètes sur les anthropoïdes, et où l'on pouvait croire que les singes ordinaires non anthropoïdes, tels que les guenons et les magots, étaient nos plus proches voisins ; mais maintenant que l'on connaît mieux le groupe intermédiaire des anthropoïdes, les caractères distinctifs de l'homme se sont tellement atténués, que la plupart d'entre eux se sont même réduits à de simples modifications de forme, et qu'aucun des autres n'a conservé une valeur égale à celle qu'on exige partout ailleurs pour la distinction des ordres.

Lorsqu'on compare entre eux les divers genres de singes qui composent la famille des *pithéciens*, depuis les semnopithèques jusqu'aux cynocéphales et aux magots, il est impossible de méconnaître les étroites analogies qui existent entre eux et qui font de ce groupe l'un des plus naturels de la zoologie. C'est à ces animaux, seuls connus des anciens, que fut d'abord donné le nom de *singes*. Lorsque l'Amérique fut découverte, on y trouva d'autres genres d'animaux distincts des précédents par des caractères bien nets, mais cependant tellement semblables à eux par l'ensemble de leur organisation, qu'il parut impossible de ne pas leur donner aussi le nom collectif de *singes*. Ces deux familles naturelles, les pithéciens ou singes de l'ancien monde, et les *cébiens* ou singes d'Amérique, constituèrent ainsi un groupe incontesté, assez homogène, assez distinct des autres groupes alors connus, pour constituer dans la zoologie du temps une catégorie analogue à celles qu'on appelle aujourd'hui des *ordres*.

Ce groupe central, une fois reconnu, a en quelque sorte attiré à lui d'autres genres, d'autres familles, découverts soit à Madagascar, soit dans l'archipel indien, soit dans l'Afrique tropicale. Ce n'est pas sans hésitation, toutefois, qu'on y a rattaché d'une part la famille des *lémuriens*, et de l'autre celle des *anthropoïdes*. A l'égard des lémuriens, qu'on a quelquefois appelés *les faux singes*, les discussions ne sont pas encore épuisées, sinon pour tous les genres, du moins pour les genres les plus inférieurs. Quant aux anthropoïdes, Bory de Saint-Vincent et Lesson ont essayé de les séparer des singes et de les réunir avec l'homme dans l'ordre des bimanes [1]; mais cette tentative

[1] Lesson, comme Bory de Saint-Vincent, rangeait les *anthropomorphes* parmi les bimanes; mais, moins exclusif que lui, il ne faisait pas de

n'a eu aucun succès, et c'est une opinion généralement admise aujourd'hui que les anthropoïdes, les pithéciens, les cébiens et les lémuriens appartiennent à un seul et même ordre. Ce n'est pas que personne ait méconnu les grandes différences qui existent entre eux ; mais la somme des analogies a paru plus grande que la somme des différences, et ainsi a été constitué, avec l'assentiment de tous les zoologistes actuels, l'ordre avec lequel je vais maintenant comparer l'homme.

Je vais faire à l'égard de l'homme ce qu'on a fait à l'égard des anthropoïdes lorsque Bory de Saint-Vincent et Lesson ont essayé de les séparer de l'ordre dit *des quadrumanes*. On a constaté que les anthropoïdes diffèrent moins des genres de cet ordre que ceux-ci ne diffèrent entre eux, et dès lors les orangs et les chimpanzés ont repris tout naturellement la place que Linnée leur avait assignée à côté et au-dessus des autres singes [1]. De même, si je démontre que l'homme diffère moins des prétendus quadrumanes en général, et des anthropoïdes en particulier, que ces animaux ne diffèrent entre eux, j'aurai prouvé, conformément à la première thèse de M. Dally, que l'homme, comme les anthropoïdes, les pithéciens, les cébiens et les lémuriens, doit être compris dans l'ordre des primates.

bimanes un ordre distinct des quadrumanes; il en faisait seulement la première *tribu* de l'ordre des primates. Les opinions de ces deux auteurs sont cependant très-analogues, car les deux tribus des bimanes et des quadrumanes etablies par Lesson dans l'ordre des primates constituaient en réalite une division en deux sous-ordres, fort peu différente de la division en deux ordres admise par Bory de Saint-Vincent.

[1] Bory de Saint-Vincent réunissait les orangs et les chimpanzés en un seul genre; Lesson en faisait deux genres distincts de sa tribu des bimanes. Ces deux auteurs ne connaissaient pas encore le gorille, qu'ils n'auraient certainement pas séparé des orangs; quant aux gibbons, ils les laissaient parmi les quadrumanes, méconnaissant ainsi leur étroite affinité avec les autres genres du groupe anthropoïde.

J'aurai à mentionner continuellement, dans l'exposé qui va suivre, des genres et des espèces appartenant aux diverses familles des primates. Pour pouvoir me dispenser d'indiquer chaque fois la position qu'occupe chaque genre dans la série qui commence à l'homme et qui s'étend jusqu'aux lémuriens, j'ai dressé un tableau sur lequel j'ai indiqué d'abord la division de l'ordre des primates en cinq familles, telle que je l'admets, puis dans chaque famille l'énumération des genres, ou du moins des principaux genres qui la composent. Le nombre des genres de la famille des lémuriens et de celle des cébiens n'est pas encore parfaitement déterminé, celui des genres de la famille des pithéciens est moins contesté, quoique peut-être sujet encore à révision. Quant à la famille des anthropoïdes, tout le monde s'accorde à reconnaître qu'elle ne se compose que de quatre genres : les gorilles (*gorilla*), les chimpanzés (*troglodytes*), les orangs (*satyrus* ou *simia*) et les gibbons (*hylobates*). On ne discute que sur le nombre des espèces : on ne connaît jusqu'ici que deux espèces de gorilles, une ou deux espèces d'orangs, deux ou trois espèces de chimpanzés ; seul le genre des gibbons renferme cinq ou six espèces.

J'ai préféré l'expression d'*anthropoïdes* à celle d'*anthropomorphes*, qui m'a paru moins exacte. La première n'indique qu'une similitude avec l'homme, similitude établie par l'anatomie bien plus que par la morphologie ; la seconde indique une ressemblance de formes qui a frappé tout le monde et que je ne conteste pas, mais qui n'est pas assez grande cependant pour mériter d'être inscrite sur le nom de la famille. Je pense au contraire que c'est surtout par les caractères extérieurs et par la forme que la famille des anthropoïdes diffère de celle des hominiens. Frappé de cette différence, et obéissant peut-être aussi au désir de glorifier sa propre espèce, Duvernoy avait essayé de substituer au nom d'*anthropomorphes*, celui de *pseudo-anthropomorphes,* qui a l'inconvénient d'être trop long et d'être applicable à tous les singes, qui a surtout le défaut de nier une similitude parfaitement réelle, que Duvernoy lui-même ne pouvait méconnaître. Je suis loin d'accepter la dénomination étrange qu'il a proposée, mais il me semble, comme à lui, que le nom d'*anthropomorphe* donne une idée erronée, ou du moins exagérée, de la ressemblance morphologique de l'homme et des singes même les plus élevés. Voilà pourquoi j'ai donné la préférence au nom d'*anthropoïdes,* déjà employé par plusieurs auteurs, et en particulier par Gratiolet.

DIVISION DES PRIMATES EN CINQ FAMILLES.

1re FAMILLE. *Hominiens.*

Caractères.	Genres.
Attitude verticale. Marche bipède.	*Homo,* homme.

2e FAMILLE. *Anthropoïdes.*

Attitude oblique, rapprochée de la verticale. Bipèdes imparfaits; prenant habituellement dans la marche un point d'appui auxiliaire sur la face dorsale des doigts, et non sur la paume des mains. Torsion de l'humérus voisine de deux angles droits, comme chez l'homme. Point de queue. Structure organique extrêmement rapprochée de celle de l'homme. Habitent l'Afrique tropicale et les grandes îles de l'Archipel indien. Synonymie : *anthropomorphes.*	*Gorilla,* gorille. *Troglodytes,* chimpanzé. *Satyrus,* orang. *Hylobates,* gibbon.

3e FAMILLE. *Pithéciens.*

Attitude plus rapprochée de l'horizontale que de la verticale, ou tout à fait horizontale. Marche quadrupède, dans laquelle le membre antérieur appuie sur la paume de la main. Narines ouvertes au-dessous du nez (catarrhiniens). Trente-deux dents; for-	*Semnopithecus,* semnopithèque. *Colobus,* colobe. *Cercopithecus,* cer-

Caractères.	Genres.
mule dentaire comme chez l'homme. Torsion de l'humérus dépassant à peine un angle droit, comme chez les quadrupèdes. Une queue de longueur variable, non prenante (nulle chez le magot). Des abajoues. Sacs laryngers latéraux et ventriculaires. Callosités aux fesses. Habitent les contrées chaudes de l'ancien continent et de la Malaisie. Synonymie : *singes de l'ancien continent, singes catarrhiniens.*	copithèque ou guenon. *Macacus*, macaque. *Inuus*, magot. *Cynocephalus*, cynocéphale ou babouin.

4e Famille. *Cébiens.*

Caractères.	Genres.
Attitude et marche comme chez les précédents. Narines ouvertes sur les côtés du nez, qui est aplati (platyrrhiniens). Trente-six dents, une molaire de plus que chez l'homme à chaque mâchoire (excepté chez les ouistitis). Queue habituellement longue et prenante. Point d'abajoues. Point de callosités aux fesses. Point de sacs laryngés ventriculaires. Quelquefois un sac laryngé unique médian, et sous-epiglottique. Habitent le nouveau continent. Synonymie : *singes du nouveau continent* ou *d'Amérique, singes platyrrhiniens.*	*Myceles* ou *stentor*, alouate. *Ateles*, atèle. *Eriodes*, ériode. *Lagotrix*, lagotriche. *Cebus*, sajou. *Callitrix*, sagouin. *Nyctipithecus*, nyctipithèque. *Pithecia*, saki. *Saïmiri*, saïmiri. *Hapale* ou *iacchus*, ouistiti.

5e Famille. *Lémuriens.*

Caractères.	Genres.
Attitude et marche quadrupèdes. Formule dentaire variable; de trente à trente-six dents. Quatre incisives supérieures. Incisives inférieures dirigées en avant, au nombre de deux, quatre ou six. Molaires à cuspides pointues comme chez les insectivores. Narines terminales et sinueuses (strepsirrhiniens). Paroi externe de l'orbite incomplète. Museau pointu. Tous les ongles plats, excepté celui du gros orteil. Queue non prenante. Habitent presque tous Madagascar. Quelques-uns habitent l'Asie orientale ou l'archipel indien. Synonymie : *strepsirrhiniens, makis, faux singes.*	*Lemur*, maki. *Stenops*, loris. *Lichanotus*, indri. *Tarsius*, tarsier. *Galago* ou *Otolichnus*, galago. *Galeopithecus*, galéopithèque. *Semnocebus*, avahi.

§ 2. *Parallèle anatomique de l'homme et des singes. Système osseux.*

Entrons maintenant en matière et étudions les modifications que présentent les caractères anatomiques et zoologiques dans la série des primates, continuée jusqu'à l'homme. Je ne puis avoir l'intention de passer successivement tous ces caractères en revue, ce qui m'entraînerait beaucoup trop loin; je choisirai de préférence les plus importants, sans négliger toutefois certains détails de moindre valeur qui se rattachent aux faits déjà invoqués dans cette discussion.

Les caractères que j'appelle *importants* sont ceux qui ont servi jusqu'ici à distinguer l'ordre des bimanes, parce qu'on les a considérés comme étant exclusivement propres à l'homme. Si l'homme se tient debout, s'il est à la fois bipède et bimane, ce n'est pas seulement parce qu'il a deux pieds et deux mains; toute l'économie de son squelette et de son système musculaire est en rapport avec ce mode d'existence. Le squelette surtout, dont les modifications sont solidaires du jeu des muscles, devra m'occuper en première ligne; je parlerai successivement du tronc et des membres.

Squelette de tronc.

A. Colonne vertébrale. — Le rachis des mammifères terrestres affecte deux types entièrement différents, dont l'un s'observe chez l'homme, qui marche debout, et l'autre chez les véritables quadrupèdes. Ce qui caractérise ces deux types, ce n'est pas tant la direction verticale ou horizontale du rachis, que l'ensemble des conditions anatomiques dont l'attitude du corps est la conséquence.

Le fait fondamental, essentiel, autour duquel tous les

autres viennent se grouper est le suivant. Dans la marche quadrupède le point d'appui est pris alternativement en avant au niveau des épaules, et en arrière au niveau du bassin. Les parties qui s'appuient sur les membres thoraciques et qui se soulèvent avec eux constituent un *train antérieur* ou *thoracique* ; celles qui s'appuient sur les membres pelviens constituent un *train postérieur* ou *abdominal*. Les muscles longs du rachis, qui s'étendent d'un train à l'autre, prennent tour à tour leur insertion fixe en avant et en arrière ; et la colonne vertébrale, décomposée en deux parties, dont l'une tient à l'épaule et l'autre au bassin, présente, dans ces deux régions, des caractères respectifs qui sont en rapport avec l'alternance des actions musculaires. Dans la marche bipède il en est tout autrement. Le point d'appui du corps est toujours fourni par les membres abdominaux ; le point d'insertion fixe des muscles est toujours du côté qui correspond au bassin ; il n'y a ni train thoracique ni train abdominal, et ce sont toujours les parties supérieures qui se meuvent sur les inférieures. Tel est le caractère distinctif le plus général entre la marche quadrupède et la marche bipède.

Chez l'homme, il n'existe d'équilibre stable et normal que dans l'attitude verticale ; le poids des viscères thoraciques et abdominaux, celui de la tête elle-même tendent toujours, comme chez les quadrupèdes, à entraîner vers le sol la face sternale du corps, mais cette tendance est contre-balancée par la disposition du rachis et des muscles vertébraux. La tête étant articulée avec l'atlas par des condyles qui sont fort peu éloignés de son centre de gravité, il suffit d'une faible action musculaire pour la maintenir horizontale ; en outre, la colonne vertébrale présente *trois courbures alternatives*, qui ont pour résultat d'amener la ligne de gravité de la tête et du tronc au-dessus de la base de sustentation fournie par le bassin. Par la courbure supérieure ou cervicale, dont la convexité est tournée vers la face antérieure, ou mieux vers la face sternale du corps, le poids de la tête et du cou se trouve déjà porté en arrière. La courbure suivante, qui occupe toute la région dorsale, est dirigée en sens inverse, et tendrait à reporter en avant le centre de gravité, si la troisième courbure, qui correspond à la région lombaire, et dont la convexité est de nouveau dirigée en avant, ne redressait définitivement tout le système de la tête et du tronc. Somme toute, cependant, la ligne de gravité de ce système passe encore un peu en avant de la base de sustentation du bassin, et l'équilibre vertical ne peut être obtenu que par la contraction des muscles extenseurs de l'épine dorsale ; mais il se maintient sans fatigue, grâce à la disposition particulière de la partie antérieure de la capsule des articulations coxo-fémorales.

Dans ses mouvements d'ensemble, soit pendant la station, soit pendant la marche, la colonne vertébrale prend toujours son point fixe sur le bassin. En outre, dans les mouvements partiels qui s'effectuent entre les vertèbres, le point fixe est toujours fourni par la vertèbre la plus rapprochée du bassin. Il en résulte que l'action des muscles extenseurs de l'épine s'effectue toujours de haut en bas, c'est-à-dire de l'extrémité céphalique vers l'extrémité pelvienne du rachis. Toutes les apophyses épineuses des vertèbres sont donc sollicitées par la contraction des muscles à se diriger vers le bas de la colonne, et elles le sont d'autant plus que la partie correspondante de la colonne résiste davantage à l'action des extenseurs. Au cou, les vertèbres sont très-mobiles ; la colonne cervicale présente en outre, du côté des muscles extenseurs, une courbure concave qui s'infléchit aisément ; ces muscles par conséquent rencontrent peu de résistance. La force qui s'applique sur les apophyses épineuses se transmettant aussitôt aux articulations vertébrales, ces apophyses, qui sont d'ailleurs assez courtes, ne s'inclinent que fort peu sur le corps de la vertèbre. Elles sont obliques néanmoins, mais le sont beaucoup moins que celles de la région dorsale. Ici, en effet, les muscles extenseurs agissent sur la convexité d'une courbure dont le redressement est rendu très-difficile par la résistance des arcs costaux et du sternum ; leur action, ne pouvant se transmettre que pour une très-faible part aux articulations vertébrales, qui sont trop peu mobiles, s'épuise presque tout entière sur les apophyses épineuses elles-mêmes ; celles-ci, ayant à supporter tout l'effort, s'infléchissent fortement en bas, s'allongent et s'imbriquent obliquement les unes sur les autres. (Voir plus loin, p. 21, fig. 1, A.) Dans la région lombaire enfin, reparaissent les deux conditions que nous a déjà présentées la région cervicale, savoir : la mobilité des articulations vertébrales et la disposition de la courbure, dont la concavité est tournée du côté des muscles extenseurs ; cela suffirait déjà pour diminuer considérablement l'obliquité des apophyses épineuses. Mais de plus celles-ci, larges, épaisses, carrées, donnent insertion, sur leurs deux faces et, par l'intermédiaire de l'aponévrose commune, sur leur sommet, à des muscles ascendants dont elles constituent le point le plus fixe, et qui dès lors tendent à les relever vers le haut, pendant que les faisceaux des transversaires épineux tendent à les attirer en bas. De la combinaison de ces diverses conditions il résulte que les apophyses épineuses de la région lombaire ne s'inclinent ni vers le haut ni vers le bas, qu'elles restent perpendiculaires à la direction de l'axe du rachis. Mais il suffirait que l'une de ces conditions fût changée pour que l'équilibre des forces qui s'appliquent sur les apophyses épineuses lombaires fût modifié, et pour que celles-ci fussent sollicitées à prendre une direction oblique. Par exemple si la courbure de la colonne lombaire cessait d'être concave en arrière, si elle devenait concave en avant, comme dans la région dorsale, les apophyses épineuses ne resteraient plus droites, elles continueraient comme celles du dos à se diriger obliquement vers le bassin; c'est ce qui a lieu chez la plupart des anthropoïdes. Ou encore, si les muscles extenseurs du rachis cessaient de prendre constamment leur point fixe sur le bassin, si, dans la mécanique de la marche, il arrivait que ce point fixe fût pris alternativement sur le bassin et sur l'épaule, les apophyses épineuses lombaires, attirées vers l'épaule au même titre que les apophyses épineuses dorsales sont attirées vers le bassin, s'inclineraient en remontant vers la tête, comme les apophyses dorsales s'inclinent en descendant vers le sacrum. C'est ce que l'on observe chez les quadrupèdes, dont je vais maintenant m'occuper.

La colonne vertébrale des quadrupèdes présente, dans la région cervicale, une courbure dont l'étendue, la forme et la flexibilité varient beaucoup suivant la longueur du cou et suivant l'attitude de la tête, mais dont la convexité est toujours, comme chez l'homme, tournée du côté de la face sternale du corps. A cette première courbure succède, comme chez l'homme encore, une courbure concave qui commence à la base du cou et qui occupe toute la région dorsale; mais, au lieu de s'infléchir de nouveau à la base du thorax pour faire place à une convexité, cette seconde courbure se prolonge sans interruption jusqu'au sacrum. Il n'y a donc que deux courbures au lieu de trois : l'une cervicale, comparable à la nôtre; l'autre dorso-lombaire, formant un arc dont la concavité est tournée vers la face sternale du tronc, et dont les deux extrémités sont soutenues respectivement par les membres antérieurs et par les membres postérieurs. Le degré de courbure de cet arc dorso-lombaire est du reste fort variable. La concavité est quelquefois tellement faible, qu'elle est presque nulle; mais ce qu'il y a d'essentiel, c'est qu'elle ne devient jamais convexe et que le rachis, à partir de la base du cou, ne change plus de direction. Dans la marche, dans la course surtout, le quadrupède soulève alternativement son train de devant et son train de derrière, et chaque fois il tend à redresser la courbure dorso-lombaire, qui revient aussitôt après à sa forme primitive. Mais toutes les parties de la colonne ne prennent pas une part égale à ce mouvement. La portion thoracique, consolidée par les côtes, ne s'infléchit que fort peu ; la portion lombaire, munie d'articulations très-solides et renforcée par le système particulier des apophyses styloïdes, dont je parlerai tout à l'heure, ne s'infléchit guère plus. C'est à l'union de ces deux portions que s'effectuent presque tous les mouvements ; je me trompe, car les deux ou trois dernières vertèbres dorsales, celles qui ne supportent que des côtes flottantes ; qui, par conséquent, n'étant pas liées au sternum, ne sont nullement consolidées par leurs côtes et mériteraient d'être appelées les *fausses vertèbres dorsales*, les deux ou trois dernières vertèbres dorsales, dis-je, se rattachent au système des vertèbres lombaires, de sorte que le mouvement principal, le mouvement presque exclusif de la colonne dorso-lombaire, a lieu en réalité non pas entre la dernière dorsale et la première lombaire, mais entre la dernière vertèbre dorsale à côte fixe et la première fausse dorsale, c'est-à-dire, en général, entre l'antépénultième et la pénultième vertèbre du dos.

On constate aisément ce fait en examinant un quadrupède en marche, mais on le constate plus aisément encore sur le squelette, en étudiant la direction des apophyses épineuses des vertèbres. Cette direction, déterminée, comme on l'a vu plus haut, par les tractions des muscles épineux, présente dans la région du *train antérieur* et dans celle du *train postérieur* deux types essentiellement différents. Dans la première région, les apophyses épineuses se portent obli-

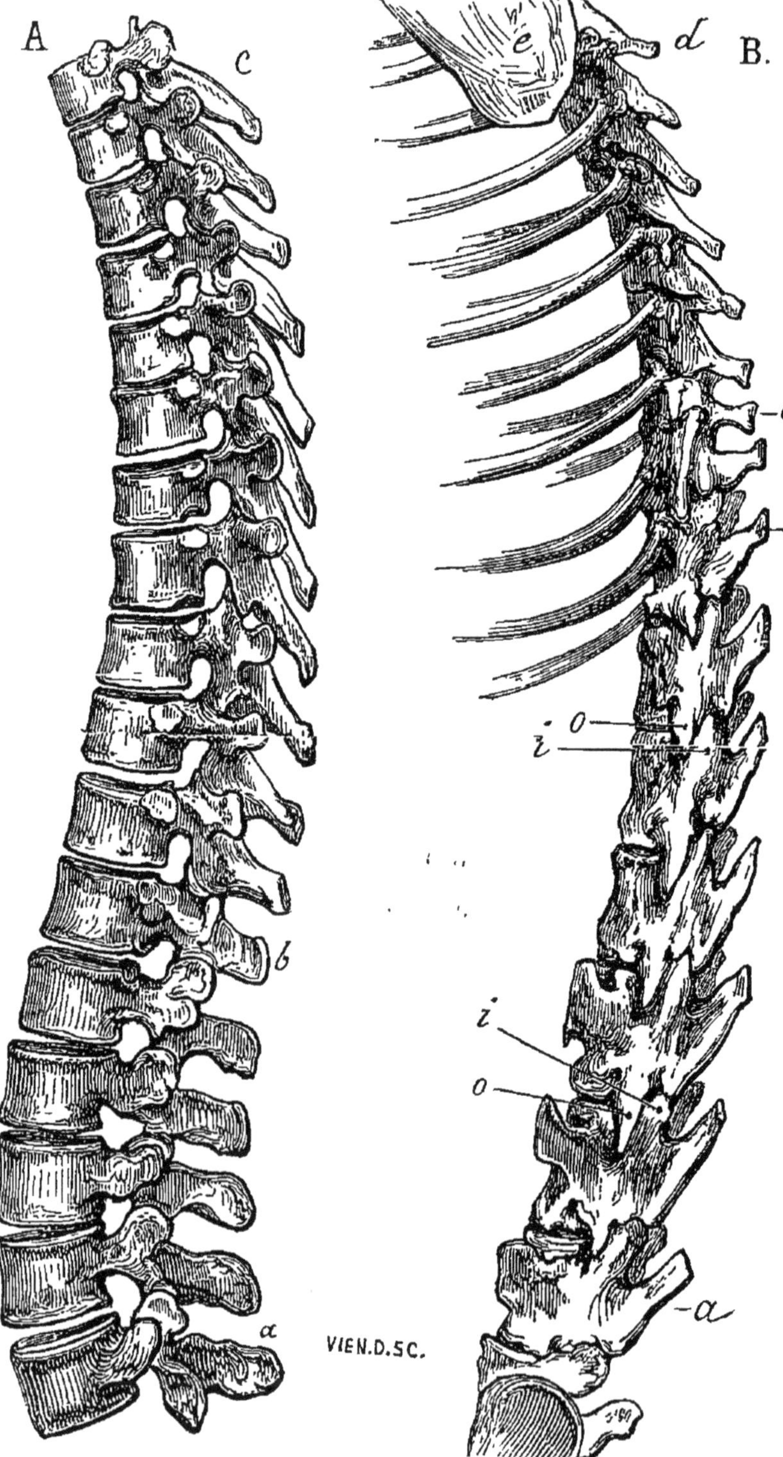

Fig. 1.

A, *profil de l colonne dorso-lombaire d l'homme*.

a, cinquièm vertèbre lombaire.

b, douzièm dorsale.

c, premièr dorsale.

B, *profil d la colonne dorso-lombaire d maki*.

a. sixième et dernière vertèbre lombaire.

b, treizième et dernière dorsale.

c, antépénultième dorsale dont l'apophyse épineuse n'es pas déviée.

d. cinquième dorsale.

e, partie de l'omoplate.

dc, épines du train antérieur inclinées vers le bassin.

ac, épines du train postérieur en antéversion.

ii, apophyses articulaires des vertèbres du train postérieur.

oo, apophyses styloïdes descendantes des mêmes vertèbres.

quement en arrière en s'inclinant vers l'extrémité caudale du tronc ; dans la seconde, elles remontent obliquement en avant en s'inclinant vers l'extrémité céphalique. (Voir figure 1, B, et comparez avec la figure 3, p. 30.) En d'autres termes, ces deux séries d'apophyses épineuses se dirigent et convergent vers le centre de mouvements que je viens d'indiquer, c'est-à-dire vers le point du dos de l'animal qui correspond à la première fausse dorsale, dont l'apophyse épineuse, seule entre toutes, n'est inclinée dans aucun sens et reste perpendiculaire à l'axe du rachis. Dans les cas assez rares, du reste, où cette dernière apophyse est oblique, c'est toujours vers la tête qu'elle incline, jamais vers le bassin.

La disposition particulière des apophyses épineuses des vertèbres du train postérieur est connue sous le nom d'*antroversion*. Il serait préférable de l'appeler *antéroversion*, ou plus simplement *antéversion*. Galien, qui, au moment où il décrivit les vertèbres, n'avait sous les yeux que des squelettes de magots, admit que cette antéversion existait chez l'homme. Ce fut un des arguments qu'invoqua Vésale lorsqu'il démontra victorieusement que Galien n'avait disséqué que des singes [1]. Vésale ajouta que l'antéversion des apophyses épineuses des vertèbres lombaires et des deux dernières dorsales n'existait pas seulement chez les singes, qu'elle se retrouvait chez les chiens, les lièvres et la plupart des autres quadrupèdes. Nous pouvons aujourd'hui sans hésitation la considérer comme un caractère décisif de la marche quadrupède [2].

[1] Nous pouvons même en conclure, contrairement à l'opinion de Camper, que Galien ne connaissait pas l'orang, car les apophyses épineuses lombaires de cet animal, comme celles des autres anthropoïdes, loin d'être obliquement inclinées vers la tête, sont au contraire inclinées vers le sacrum.

[2] L'antéversion des apophyses épineuses du train postérieur n'existe

Il est digne de remarque que le caractère de l'antéversion coïncide avec une diminution notable de l'obliquité des apophyses épineuses des vertèbres dorsales proprement dites. Et cela se conçoit aisément. Chez l'homme, toutes les forces qui produisent l'extension du rachis prennent constamment leur point fixe du côté du bassin ; elles exercent donc toute leur traction de haut en bas, et il en résulte que les apophyses épineuses dorsales sont très-longues, très-obliques, très-fortement imbriquées les unes sur les autres. Mais chez les quadrupèdes, les forces extensives prennent leur point fixe alternativement du côté de l'épaule et du côté du bassin. Leur action se divise donc ; elle s'exerce par moitié d'arrière en avant sur les vertèbres lombaires, par moitié d'avant en arrière sur les vraies vertèbres dorsales. Elle est suffisante pour déterminer l'inclinaison des apophyses épineuses de toutes ces vertèbres, pour attirer vers la tête celles des lombaires, vers le bassin celles des dorsales ; mais par cela même qu'elle est divisée et répartie sur toutes les vertèbres dorso-lombaires, elle ne produit sur chacune d'elles qu'une inclinaison modérée. Aussi remarque-t-on que, chez les quadrupèdes, les apophyses épineuses dorsales sont en général moins longues et toujours beaucoup moins obliques, beaucoup moins imbriquées que chez l'homme.

Le caractère de l'antéversion ne s'observe pas seulement sur les apophyses épineuses ; il n'est pas moins évident sur les apophyses transverses des vertèbres lombaires. On sait que ces apophyses sont les analogues des côtes, dont elles continuent la série ; c'est pourquoi on les désigne aussi sous

pas chez tous les quadrupèdes, elle fait défaut par exemple chez quelques pachydermes. Mais elle n'existe que chez les quadrupèdes ; et d'ailleurs, chez les quadrupèdes qui ne présentent pas ce caractère, on retrouve, sur les autres éléments des vertèbres lombaires, une antéversion qui révèle, à défaut de celle des apophyses épineuses, la séparation du train antérieur et du train postérieur.

le nom d'*apophyses costiformes*. Chez l'homme, leur longueur est modérée et à peu près uniforme ; chez les quadrupèdes, leur longueur, toujours médiocre et quelquefois minime sur la première lombaire, s'accroît progressivement sur les vertèbres suivantes, jusqu'à la dernière, où elle devient considérable. Mais c'est surtout par leur direction que les apophyses costiformes deviennent caractéristiques de la marche sur deux pieds ou sur quatre pieds.

Je rappelle encore une fois que la direction des apophyses des vertèbres est déterminée par l'action musculaire. Je l'ai déjà montré à l'occasion des apophyses épineuses. Nous en trouvons une nouvelle preuve sur les apophyses latérales, qui dans la région dorsale portent le nom de *côtes*, et dans la région lombaire celui d'*apophyses transverses* ou *costiformes*. La direction de ces apophyses latérales est tout à fait comparable à celle des apophyses épineuses correspondantes. Au dos, où les apophyses épineuses sont dirigées obliquement vers le bassin, les côtes sont obliques dans le même sens, car elles ne sont pas perpendiculaires à l'axe du rachis ; elles s'en écartent sous un angle aigu dont le sommet est tourné vers la tête. Ce caractère est commun à tous les mammifères. C'est dans la région lombaire que se dessine la différence des bipèdes et des quadrupèdes. Chez l'homme, les apophyses latérales lombaires méritent réellement le nom d'*apophyses transverses*, car elles sont tout à fait transversales ; elles ne sont inclinées en aucun sens, et, comme les apophyses épineuses correspondantes, elles restent perpendiculaires à l'axe du rachis. (Voir figure 2, A.) Chez les quadrupèdes, au contraire, elles ne sont pas transversales ; elles se détachent obliquement de la colonne vertébrale sous un angle aigu dont le sommet est tourné vers le bassin ; elles sont donc en *antéversion* comme les apophyses épineuses de la même région. (Voir figure 2, B.) Ce caractère souffre quelques exceptions partielles. Ainsi, chez le cheval, chez le sanglier, l'antéversion des apophyses costiformes ne se montre que sur les deux dernières vertèbres lombaires, celles des vertèbres précédentes étant trans-

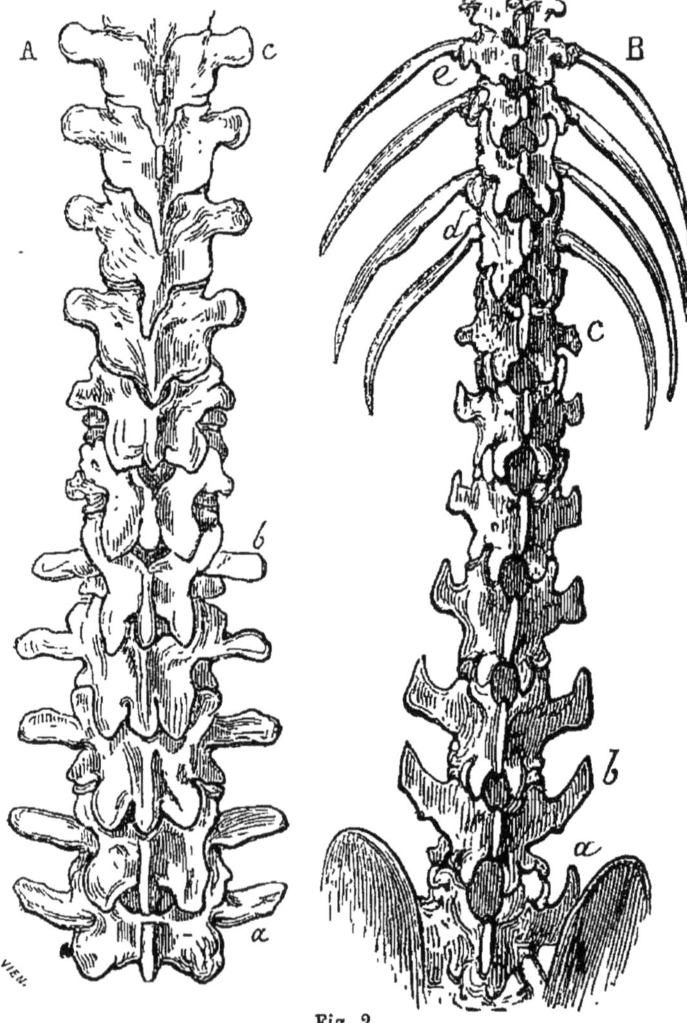

Fig. 2.

A, *face postérieure de la colonne dorso-lombaire de l'homme.*

a, apophyse transverse ou costiforme de la cinquième lombaire; *b*, apophyse costiforme de la première lombaire. Toutes ces apophyses sont transversales, et de longueur à peu près égale; *c*, septième dorsale.

B, *face supérieure de la colonne dorso-lombaire du macaque rhesus.*

a, septième et dernière lombaire, emprisonnée entre les os coxaux. Son apophyse costiforme est courte; *b*, apophyse costiforme de la sixième lombaire; *c*, de la première lombaire. Toutes les apophyses costiformes lombaires sont en antéversion, excepté la première; elles décroissent de *b* en *c*; *dc*, les quatre dernières dorsales, dont les côtés sont fortement inclinés vers le bassin.

versales. Néanmoins on peut dire d'une manière très-générale que l'antéversion des apophyses costiformes est un caractère bien net de la marche quadrupède. Elle est due d'ailleurs aux mêmes causes que celle des apophyses épineuses, et elle a exactement la même signification.

On vient de voir que, dans la marche quadrupède, la colonne dorso-lombaire se divise en deux segments qui correspondent respectivement au train antérieur et au train postérieur. C'est à l'union de ces deux segments, c'est-à-dire en avant de la première fausse dorsale, qu'est situé le centre des mouvements du rachis. En ce point, la mobilité des articulations vertébrales est beaucoup plus grande que dans l'étendue même des deux segments. Ceux-ci, quoique composés de pièces multiples et mobiles les unes sur les autres, ne présentent dans leurs articulations intrinsèques que des mouvements fort restreints ; ils se comportent donc comme deux leviers presque rigides placés bout à bout. De la sorte, les mouvements du rachis pendant la marche se trouvent presque entièrement concentrés en un seul point, et, grâce à ce mécanisme, la marche acquiert plus de solidité et plus de précision. Il s'agit maintenant d'étudier les conditions anatomiques qui assurent sur chacun des deux segments l'immobilité relative de leurs vertèbres. Pour le segment dorsal, c'est-à-dire pour le train antérieur, les arcs costaux, soutenus et reliés par le sternum, opposent un obstacle évident au mouvement partiel des vertèbres. C'est par un tout autre mécanisme que se trouve consolidé le segment postérieur. Ici, il n'y a plus de véritables côtes, car les côtes flottantes des fausses vertèbres dorsales ne fournissent aucun point d'appui ; mais on trouve, sur les côtés des apophyses articulaires, un système particulier d'apophyses qui, chez la plupart des quadrupèdes, transforment en véritables mortaises les arthrodies vertébrales. Ces apophyses, dont il n'existe aucune trace chez l'homme[1], portent le nom d'*apophyses styloïdes*, tiré de leur forme la plus habituelle.

Il est superflu de rappeler que chez l'homme les surfaces cartilagineuses des apophyses articulaires des vertèbres lombaires sont comprises, de chaque côté, dans un plan antéro-postérieur, celles de la vertèbre supérieure regardant en dehors, celles de la vertèbre inférieure regardant en dedans, de telle sorte que les articulations sont verticales et que les deux apophyses articulaires de la vertèbre supérieure sont, suivant l'expression consacrée, *reçues* dans une espèce de mortaise formée par les deux apophyses articulaires de la vertèbre inférieure. Cette description est exactement applicable (sauf le changement de direction de l'axe du corps) aux vertèbres lombaires des quadrupèdes ; chez eux, comme chez nous, les apophyses articulaires de chaque vertèbre sont *reçues* entre les apophyses articulaires de la vertèbre suivante[2] ; mais de plus on voit, à droite et à gauche, se détacher de la base de l'apophyse articulaire inférieure de la vertèbre supérieure, parallèlement à l'axe du rachis, un prolongement osseux ou apophyse styloïde, qui vient se placer sur la face externe de l'apophyse articulaire de la vertèbre suivante. (Voir page 21, figure 1, B, *oo*.) L'apophyse articulaire supérieure de chaque vertèbre se trouve ainsi emboîtée dans une petite mortaise latérale, que limitent en dedans l'apophyse articulaire inférieure de la vertèbre précédente et en dehors son apophyse styloïde. Cette disposition accroît singulièrement la résistance des articu-

[1] Sur le squelette de nègre de mon laboratoire, on aperçoit en dehors de l'apophyse articulaire de la dernière dorsale et de la première lombaire un très-léger tubercule qui est certainement le vestige de l'apophyse styloïde, mais qui ne joue évidemment aucun rôle dans la mécanique du rachis.

[2] Cette règle souffre de très-rares exceptions. Par exemple, chez le *rhinocéros indien*, c'est au contraire la vertèbre postérieure qui est reçue dans la vertèbre antérieure.

lations des vertèbres lombaires. Tandis que chez l'homme il n'y a qu'une seule mortaise médiane, il y a chez la plupart des quadrupèdes trois mortaises : une médiane et deux latérales. Chez l'homme les apophyses articulaires inférieures de chaque vertèbre sont *reçues* dans la mortaise médiane de la vertèbre suivante ; cette condition de solidité se retrouve chez les quadrupèdes, mais en outre, de chaque côté, les apophyses articulaires supérieures de chaque vertèbre sont *reçues* dans les mortaises styloïdiennes de la vertèbre précédente.

Quoique les apophyses styloïdes lombaires manquent chez quelques édentés, elles sont évidemment en rapport avec la marche quadrupède. Et ce qui prouve bien la réalité de la fonction que je viens de leur attribuer, c'est qu'elles se retrouvent non-seulement sur les vertèbres lombaires, mais encore sur les fausses dorsales, c'est-à-dire sur toutes les vertèbres dont les apophyses épineuses sont en antéversion. Quant aux vraies vertèbres dorsales, elles en sont entièrement privées [1].

[1] Dans l'exposé qui précède, j'ai pris pour types les mammifères de l'ordre des carnassiers. Ce sont les quadrupèdes les plus voisins des primates (car les chéiroptères ne peuvent être considérés comme des quadrupèdes), et ce sont eux par conséquent qu'il convient le mieux de prendre comme terme de comparaison. Si l'on descend plus bas dans la série des mammifères, on trouve, parmi les édentés, parmi les quadrupèdes ongulés et surtout parmi les grands pachydermes à la lourde démarche, quelques exceptions partielles aux règles que j'ai formulées ; ainsi l'antéversion peut manquer tantôt sur les apophyses épineuses du train postérieur, tantôt sur les apophyses costiformes ; mais le train postérieur est toujours caractérisé par l'antéversion de l'une au moins de ces deux séries d'apophyses. Le cas le plus anormal est celui du rhinocéros indien, qui ne présente l'antéversion ni sur les apophyses épineuses ni sur les apophyses costiformes, mais chez lequel le système des apophyses styloïdes descendantes est remplacé par une série d'apophyses ascendantes, de sorte que l'antéversion se retrouve ici précisément sur le seul élément vertébral qui, dans le train postérieur des

En résumé, et sans parler de plusieurs détails de moindre importance, les caractères distinctifs du rachis, considérés chez les bipèdes et chez les quadrupèdes, sont au nombre de cinq :

1° Le rachis des bipèdes présente deux changements de direction, l'un à la base du cou, l'autre à la base de la poitrine, et décrit par conséquent trois courbes alternatives correspondant aux trois régions cervicale, dorsale et lombaire ; celui des quadrupèdes ne change qu'une seule fois de direction, et ne décrit que deux courbes : l'une cervicale, l'autre dorso-lombaire ;

2° Les apophyses épineuses des *vraies vertèbres dorsales*, c'est-à-dire de toutes les vertèbres dorsales unies au sternum par leurs prolongements costaux, sont, dans les deux cas, obliquement inclinées vers le sacrum ; mais chez les bipèdes elles sont plus longues, beaucoup plus obliques et beaucoup plus imbriquées que chez les quadrupèdes ;

3° Chez les quadrupèdes, les apophyses épineuses des *fausses dorsales*, c'est-à-dire des vertèbres à côtes flottantes, et celles des vertèbres lombaires sont obliquement inclinées vers la tête, c'est à-dire *en antéversion*. Cette antéversion fait entièrement défaut chez les bipèdes, où les apophyses épineuses des fausses dorsales sont inclinées dans le même sens que celles des vraies dorsales, quoique à un moindre degré, et où les apophyses épineuses lombaires ne présentent aucune inclinaison ;

4° Les apophyses costiformes des vertèbres lombaires des bipèdes ont une longueur uniforme et une direction *transversale*. Celles des quadrupèdes sont obliquement portées

carnassiers, ne soit pas antéversé. Au surplus, cette antéversion des apophyses styloïdes lombaires coïncide quelquefois avec l'antéversion des apophyses épineuses et des apophyses costiformes. C'est ce que l'on observe chez l'hippopotame et chez certains ruminants, tels que le chameau, le dromadaire, la girafe, l'alpaca, le cerf et l'élan.

en *antéversion*, et de plus leur longueur n'est pas uniforme; elle s'accroît progressivement de la première à la dernière vertèbre lombaire ;

5° Enfin chez la plupart des quadrupèdes, et notamment chez tous les carnassiers, les vertèbres lombaires et les fausses dorsales sont consolidées dans leurs articulations par le système des apophyses styloïdes descendantes, qui fait entièrement défaut chez les animaux à marche bipède.

Examinons maintenant la colonne vertébrale sous ces

Fig. 3.

Squelette de maki.

cinq points de vue dans la série des primates. Chez les lémuriens, les cébiens et les pithéciens, nous trouvons qu'elle présente tous les caractères propres à la marche quadrupède. Je vous montre, à côté de plusieurs squelettes de carnassiers, ceux d'un maki (lémurien), d'un ouistiti, d'un atèle, d'un sajou (cébiens), d'un magot (pithécien), et vous pouvez voir que sur tous ces squelettes la colonne dorso-lombaire est construite sur le même type : tous ont les apophyses épineuses des vraies dorsales modérément inclinées vers le sacrum; tous ont les apophyses épineuses des fausses dorsales et des lombaires en antéversion; tous ont les apophyses latérales des lombes aplaties en forme de côtes, croissant de la première à la dernière, et portées *en antéversion*; tous présentent, par conséquent, à l'union des vraies et des fausses dorsales, un centre de mouvement qui établit la séparation du train postérieur et du train antérieur; sur tous enfin les vertèbres du train postérieur sont munies d'apophyses styloïdes descendantes très-manifestes.

Nous remarquerons cependant que ces divers caractères de la marche quadrupède ne sont pas également prononcés chez tous nos primates. Les makis, sous ce rapport, ne diffèrent pas sensiblement des carnassiers (voir figure 3); les ouistitis aussi sont complétement quadrupèdes. Mais déja chez les sajous (cébiens) l'antéversion des épines lombaires devient moins forte; l'apophyse transverse de la première lombaire est très-courte et transversale; celles des vertèbres suivantes s'aplatissent, s'allongent et se portent en antéversion, mais elles sont bien moins obliques que chez les makis. Les atèles, qui occupent un rang plus élevé dans la série des singes américains, n'ont d'apophyses styloïdes que sur leurs deux premières lombaires; les dernières en sont privées; en revanche, les apophyses transverses sont transversales sur les premières lombaires et ne sont en antéversion que sur les deux dernières. Chez les alouates, qui sont au-dessus des atèles, les trois dernières apophyses costiformes sont seules en antéversion; les deux premières, beaucoup plus courtes, sont au contraire légèrement inclinées vers le bassin. Des modifications analogues s'observent dans la série des pithéciens. Le magot, qui a de grandes apophyses styloïdes et des épines lombaires en antéversion bien prononcée, ne présente l'antéversion des apophyses costiformes ni sur la première ni sur la seconde vertèbre lombaire, mais seulement sur les cinq dernières. Les caractères de la marche quadrupède s'atténuent encore chez les guenons, les macaques, et surtout chez les semnopithèques, qui occupent le premier rang dans la série des pithéciens. Ainsi chez le douc (*semnopithecus nemœus*) les apophyses épineuses des deux premières lombaires sont en antéversion, mais celles des quatre autres lombaires ne sont nullement inclinées. Quant aux apophyses costiformes, les deux premières sont à peu près transversales, les cinq autres sont antéversées ; mais, à l'exception des deux dernières, elles ne le sont que médiocrement ; elles sont d'ailleurs courtes

Fig. 4.

Squelette de l'entelle (semnopithecus entellus .

et peu croissantes. Chez l'entelle (*semnopithecus entellus*), l'antéversion des épines du train postérieur est bien manifeste sur la dernière dorsale et la première lombaire, faible sur la seconde lombaire, presque nulle sur la suivante, et tout à fait nulle sur les deux dernières. (Voir figure 4.) De même les apophyses styloïdes sont bien formées sur les deux dernières dorsales et la première lombaire ; plus faibles sur la seconde lombaire, elles ne forment plus sur la troisième que de toutes petites épines, et sur les deux dernières elles manquent entièrement. Plusieurs des caractères quadrupèdes sont donc manifestement atténués chez les semnopithèques. Mais aucun d'eux n'est effacé cependant, et l'examen de l'ensemble du rachis montre clairement que chez ces animaux les forces musculaires sont disposées de manière à agir séparément et alternativement sur le train antérieur et sur le train postérieur. On y trouve en effet, entre l'antépénultième et la pénultième vertèbre dorsale, un centre de mouvement indiqué par l'antéversion des apophyses épineuses des deux dernières dorsales et des premières lombaires ; ce qui est le caractère le plus décisif de la séparation fonctionnelle des deux trains. Par conséquent, quoique les semnopithèques, qui sont les plus élevés des singes non anthropoïdes, présentent quelques traits de transition vers le type des bipèdes, le mécanisme de leur colonne vertébrale les rattache bien posititivement au type des quadrupèdes.

Si maintenant nous passons aux anthropoïdes, la scène change brusquement. Tous les caractères propres à indiquer la séparation fonctionnelle du train de devant et du train de derrière ont complétement disparu. Les apophyses épineuses dorsales, par leur longueur, leur obliquité considérable et leur imbrication, se rapprochent du type humain bien plus que de celui des pithéciens et des autres singes : celles des fausses dorsales sont obliquement inclinées vers le bassin, comme chez l'homme ; et celles des lombaires n'ont pas la moindre tendance à l'antéversion ; loin

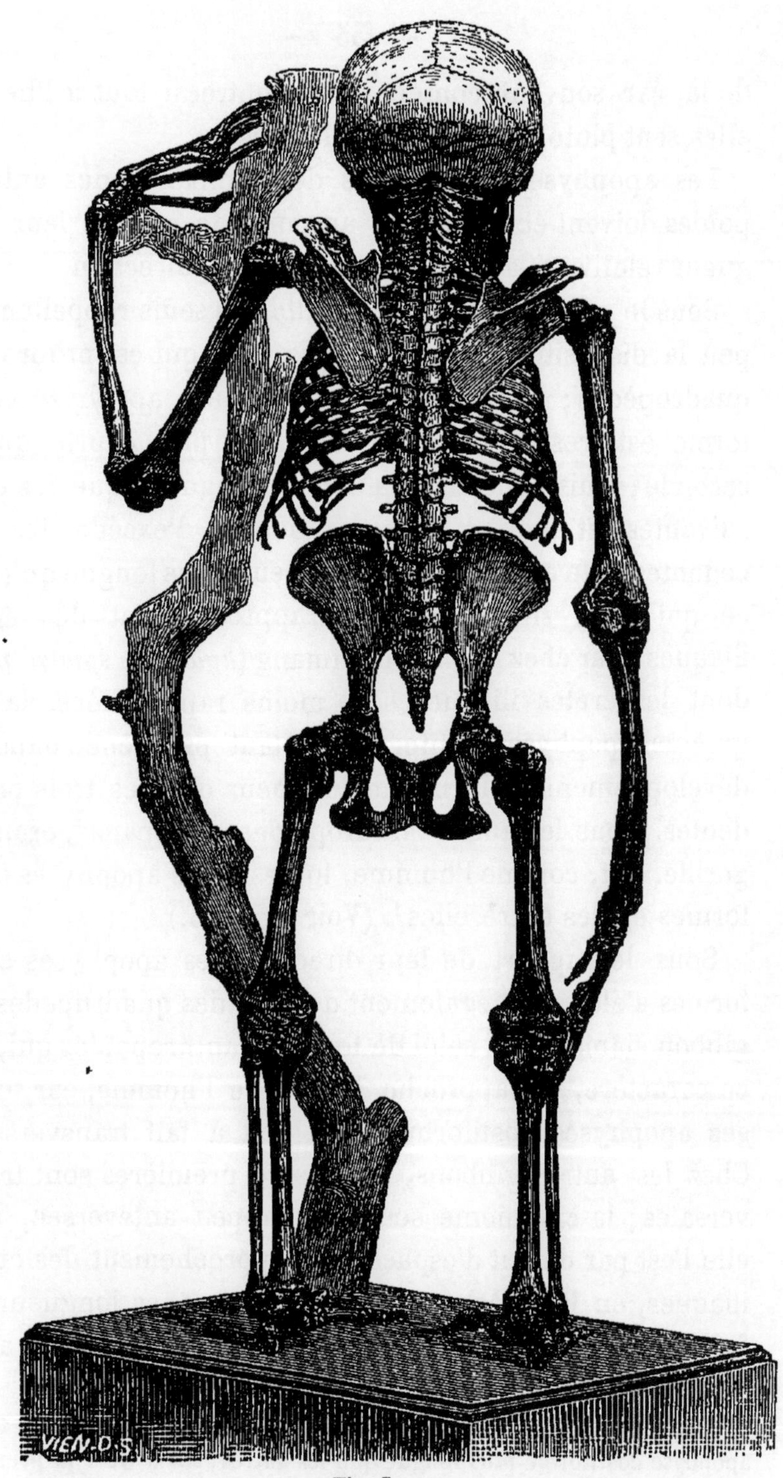

Fig. 5.

Squelette de jeune chimpanzé (troglodytes niger), face dorsale. (Photographié d'après le squelette de mon laboratoire.)

de là, car souvent, comme je le montrerai tout à l'heure, elles sont plutôt inclinées vers le bassin.

Les apophyses costiformes des lombaires des anthropoïdes doivent être étudiées au point de vue de leur longueur relative et au point de vue de leur direction.

Sous le premier rapport, les gibbons seuls rappellent un peu la disposition en série croissante qui est propre aux quadrupèdes; car chez eux la première apophyse costiforme est très-petite et notablement plus courte que la seconde; mais celle-ci a la même longueur que les deux suivantes; et quant à la cinquième, loin d'excéder les précédentes, elle est au contraire un peu moins longue qu'elles, ce qui tient simplement au rapprochement des crêtes iliaques : car chez le gibbon siamang (*hylobates syndactylus*), dont les crêtes iliaques sont moins rapprochées, la cinquième apophyse costiforme, n'étant pas gênée dans son développement, a la même longueur que les trois précédentes. Tous les autres anthropoïdes, chimpanzé, orang et gorille, ont, comme l'homme, toutes leurs apophyses costiformes égales entre elles[1]. (Voir figure 5.)

Sous le rapport de leur direction, les apophyses costiformes s'éloignent également du type des quadrupèdes. Le gibbon siamang est celui de tous les anthropoïdes qui, par ce caractère, se rapproche le plus de l'homme, car toutes ses apophyses costiformes sont tout à fait transversales. Chez les autres gibbons, les quatre premières sont transversales; la cinquième seule est un peu antéversée, mais elle l'est par défaut d'espace : le rapprochement des crêtes iliaques, en l'empêchant de prendre toute sa longueur, l'a forcée de fuir vers le haut; de là résulte une légère anté-

[1] Sur le chimpanzé femelle du Muséum (*troglodytes niger*), il y a une apophyse costiforme plus longue que les autres; mais c'est la première et non la dernière. Il est possible que cette disposition ne soit qu'une variété individuelle.

version qui ne peut être attribuée, comme celle qu'on observe chez les quadrupèdes, à la traction exercée par les muscles extenseurs du rachis. On voit de même, et pour la même cause, c'est-à-dire par défaut d'espace, paraître un léger degré d'antéversion sur la dernière apophyse costiforme des chimpanzés, des orangs et des gorilles; mais les autres ne sont nullement antéversées; en général même, celle de la première lombaire, loin d'être antéversée, est un peu inclinée vers le bassin.

Quelques mots maintenant sur les apophyses styloïdes vertébrales. Il n'en existe aucune trace ni chez le chimpanzé, ni chez l'orang, ni chez le gorille, ni chez le gibbon de Raffles (*hylobates Rafflesii*), ni chez le gibbon brun (*hylobates agilis*). Le gibbon siamang (*hylobates syndactylus*) présente sur les côtés des apophyses articulaires des deux dernières vertèbres dorsales une toute petite épine qu'on peut considérer comme le vestige d'une apophyse styloïde, et qui fait entièrement défaut sur les vertèbres lombaires. On trouve encore une apophyse styloïde sur la première lombaire d'un autre gibbon, dont le squelette non étiqueté se trouve dans la galerie du Muséum, et qui m'a paru être le wouwou (*hylobates leuciscus*). Voilà tout; et s'il est vrai de dire que les apophyses styloïdes vertébrales ne disparaissent pas tout à coup lorsqu'on passe des pithéciens aux anthropoïdes, il faut ajouter qu'elles n'existent chez ces derniers qu'à un état tout à fait rudimentaire, et qu'elles sont absolument nulles dans trois genres sur quatre et dans plusieurs des espèces du quatrième.

Ainsi, sur les cinq caractères de la colonne dorso-lombaire des bipèdes, en voici déjà quatre que nous trouvons chez tous les anthropoïdes et que nous cherchons vainement chez tous les autres primates. Reste le cinquième caractère, celui de la courbure de la région lombaire. Ici nous voyons apparaître quelques divergences. Le seul anthropoïde dont le rachis présente exactement les trois courbures du type humain, est le gibbon siamang : la courbe dorsale est un peu moins concave que chez l'homme, et la courbe lombaire un peu moins convexe; néanmoins ces deux courbures sont bien prononcées, et la seconde occupe, comme chez l'homme, toute l'étendue de la région lombaire. Chez le gibbon brun (*hylobates agilis*) même disposition, si ce n'est que les courbures sont moins fortes ; elles sont moins fortes encore chez le gibbon de Raffles, mais se succèdent toujours au même niveau, c'est-à-dire à la partie supérieure de la région lombaire. Somme toute, les courbures dorso-lombaires des gibbons rentrent tout à fait dans le type humain. Il n'en est plus de même chez le chimpanzé, où il existe bien, comme chez l'homme, une concavité dorsale et une convexité lombaire, mais où celle-ci n'occupe que les deux dernières vertèbres lombaires; quant aux autres lombaires, elles forment une concavité légère qui se continue avec celle de la région dorsale. Chez l'orang, la concavité dorsale se prolonge plus bas encore, elle occupe toutes les vertèbres lombaires, à l'exception de la dernière. Chez le gorille enfin, elle paraît se prolonger jusqu'au sacrum comme chez les quadrupèdes. Toutefois, lorsqu'on examine la face antérieure du rachis au niveau des deux dernières vertèbres lombaires, on voit qu'elle n'est pas convexe sans doute, mais qu'elle n'est pas concave non plus ; elle est droite et se continue avec la courbe concave dorso-lombaire comme le manche d'une serpette se continue avec sa lame. Par cette disposition, par ce redressement terminal, le rachis du gorille tend à se rapprocher un peu du type humain; mais il se rapproche davantage du type des quadrupèdes, puisque, de la base du cou à la base du sacrum, il ne change pas de direction.

Nous venons de voir le type des courbures du rachis de l'homme se dégrader peu à peu de l'homme au gibbon siamang, de celui-ci aux autres gibbons, puis des gibbons au chimpanzé, à l'orang et enfin au gorille. Il n'en faut pas conclure pour cela que ces derniers anthropoïdes soient plus près d'être des quadrupèdes que les gibbons ; tout ce qu'on peut dire, c'est que, par la forme de leur colonne rachidienne, ils sont moins bien appropriés à l'équilibre vertical, que leur tronc est plus oblique, qu'il a plus de tendance à se porter en avant, et que les muscles extenseurs du rachis ont plus d'efforts à faire pour le ramener au-dessus du bassin ; mais si l'action de ces muscles s'accroissait dans la même proportion, la compensation serait établie. C'est ce qui a lieu en effet, et nous en trouvons la preuve en étudiant la direction des apophyses épineuses lombaires ; celles-ci, loin d'être en antéversion comme chez les quadrupèdes, sont au contraire obliquement inclinées vers le bassin et continuent ainsi sans interruption la série des apophyses épineuses dorsales, avec cette seule différence que leur obliquité va en diminuant à mesure qu'on approche du sacrum. Chez le gorille, chez le chimpanzé noir, toutes les apophyses épineuses lombaires sont obliques jusqu'à la dernière (voir la figure 6) ; chez l'orang, leur obliquité est moindre, mais elle est encore générale. Chez le tschégo (*troglodytes tschego*), l'obliquité diminue encore ; elle n'est d'ailleurs manifeste que sur les deux premières lombaires, car les apophyses épineuses des deux dernières lombaires sont presque horizontales. Il est digne de remarque que ces deux dernières vertèbres sont précisément celles qui forment en avant une convexité. Ceci nous permet de penser que l'obliquité des épines lombaires chez les anthropoïdes est en quelque sorte la compensation, la correction de l'obstacle que l'absence de la convexité lombaire oppose à la station verticale. Et nous voyons en effet que, chez les gibbons, dont la colonne lombaire est convexe dans toute son étendue, toutes les apophyses épineuses lombaires

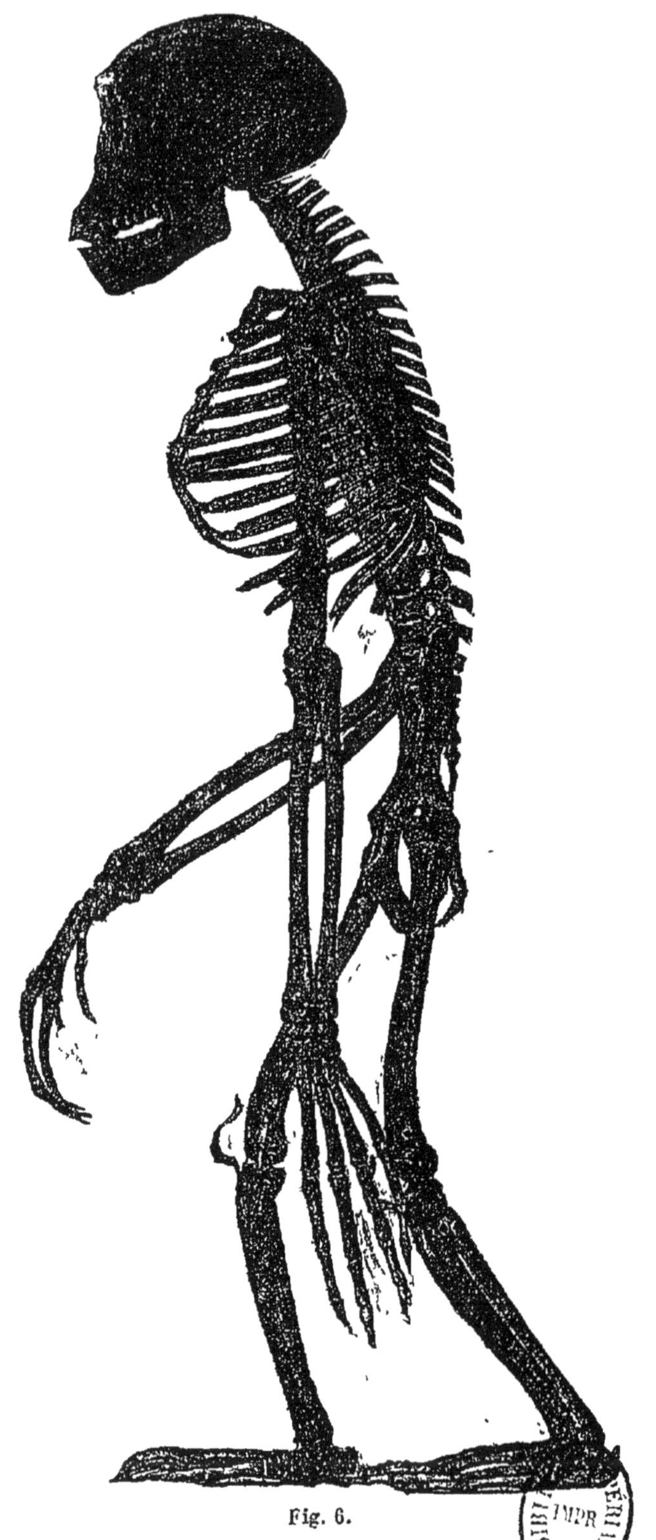

Fig. 6.

Squelette de chimpanzé (troglodytes niger) vu de profil (Photographié d'après la lithographie publiée par Verolik).

sont, comme chez l'homme, perpendiculaires à l'axe du rachis.

Par l'obliquité descendante de leurs épines lombaires, les chimpanzés, les orangs et les gorilles semblent différer des quadrupèdes plus que l'homme lui-même. Ce n'est, on vient de le voir, qu'une apparence trompeuse qui disparaît devant l'interprétation physiologique. Cette obliquité est au contraire la conséquence de l'absence ou de l'insuffisance de la convexité lombaire, caractère qui s'oppose au parfait redressement du rachis, et qui, en reportant le centre de gravité en avant, rend la marche bipède difficile et pénible. Chez les quadrupèdes, jusques et y compris les singes pithéciens, l'absence de la convexité lombaire n'étant pas contre-balancée par un développement suffisant des muscles extenseurs du rachis, le train antérieur de l'animal, entraîné vers le sol, est obligé de prendre un point d'appui sur les membres thoraciques, et la conséquence de ce point d'appui antérieur est la constitution d'un centre de mouvement situé vers la base du thorax et révélé par l'antéversion des apophyses lombaires. Cette antéversion, ce centre de mouvement n'existent pas plus chez les anthropoïdes que chez l'homme; la conformation imparfaite de leur colonne lombaire ne leur permet pas de se tenir aisément debout, de marcher sans effort sur leurs membres abdominaux; ils prennent volontiers un point d'appui auxiliaire sur leurs membres thoraciques, et ceux-ci, étant d'ailleurs très-longs, peuvent atteindre le sol dès que le corps est un peu incliné en avant. Mais ce point d'appui antérieur ne supporte qu'une très-faible partie du poids d'un corps presque vertical, qui toujours, soit pendant la station, soit pendant la marche, repose principalement sur les membres abdominaux; c'est un soutien utile à l'équilibre, ce n'est pas un point fixe alternant avec celui que fournissent les pieds. La colonne vertébrale, dans son mouvement d'ensemble, n'est pas brisée à la base du thorax et divisée en deux leviers comme chez les quadrupèdes : elle ne forme qu'un seul levier, qui prend son point d'appui sur le bassin, comme chez l'homme.

En résumé, par la constitution générale et les fonctions de la colonne vertébrale, les anthropoïdes se rattachent de très-près au type bipède et s'éloignent du type quadrupède presque autant que l'homme lui-même. Sous ce rapport, qui peut être considéré comme essentiel, ils diffèrent beaucoup moins de l'homme que des autres primates ; et pour que cette proposition soit vraie, il n'est pas nécessaire de descendre jusqu'aux lémuriens ou aux cébiens, il suffit d'arriver aux semnopithèques, dont le rachis est plus semblable à celui des makis qu'à celui des anthropoïdes.

J'ai cru devoir attacher une attention particulière aux caractères vertébraux, qui sont en rapport direct avec les fonctions de la station et de la marche. J'insisterai moins sur d'autres caractères plus connus, plus frappants peut-être, et dont je ne méconnais pas l'importance, mais qui n'ont pas à mes yeux autant de portée.

Le nombre des vertèbres des diverses régions présente dans la série des primates des différences assez étendues. Le tableau suivant en fait foi.

Formules vertébrales des principaux genres de primates.

GENRES.	CERVICALES.	DORSALES.	LOMBAIRES	DORSALES ET LOMBAIRES	SACRÉES	COCCYGIENNES ET CAUDALES.
HOMINIENS.						
Homme..........	7	12	5	17	5 ou 6	4 ou 5
ANTHROPOÏDES.						
Gorille..........	7	13	4	17	5	4
Chimpanzé..........	7	13	4	17	4 ou 5	5 ou 4
Orang..........	7	12	4	16	5	3
Gibbon..........	7	13	5	18	4	3 ou 4
PITHÉCIENS.						
Semnopithèque.....	7	12	7	19	3	23
Cercopithèque.....	7	12	7	19	3	pl. de 24
Macaque..........	7	12	7	19	3	17
Magot..........	7	12	7	19	3	3
Cynocéphale.......	7	13	6	19	2-3	31
CÉBIENS.						
Sajou..........	7	14	5-6	19-20	3	22
Atèle..........	7	14	5	19	3	29
Alouate..........	7	14	5	19	4	28
Ouistiti..........	7	13	6	19	3	28
Nyctipithèque.....	7	14	8	22	3	21
LÉMURIENS.						
Maki..........	7	13	6	19	2-3	28-29
Indri..........	7	12-13	9-8	21	4	10-11
Loris grêle........	7	14-15	9	23-24	3	5-6
Loris tardigrade...	7	16	8	24	3	7-8
Tarsier..........	7	13	6	19	3	29-30
Galéopithèque.....	7	13-14	7-6	20	3-5	18-19

La fixité du nombre des vertèbres cervicales ne saurait nous surprendre. A l'exception de l'aï ou paresseux (*bradypus tridactylus*), qui a neuf vertèbres cervicales, tous les mammifères en ont sept. Il n'y a, sous ce rapport, aucune différence entre l'homme et le kangouroo ; mais les autres régions vertébrales présentent des différences notables.

Pour apprécier ces différences à leur juste valeur, on se souviendra qu'il n'est pas très-rare de rencontrer chez l'homme, soit d'un seul côté, soit des deux côtés, une treizième côte ; on dit alors qu'il y a treize vertèbres dorsales ; mais les squelettes qui présentent cette anomalie n'ayant que quatre vertèbres lombaires, l'anomalie est beaucoup moindre en réalité qu'en apparence. Elle se réduit à un détail ostéologique de peu d'importance : l'apophyse transverse ou costiforme de la première vertèbre lombaire est devenue libre comme une côte, et la région dorsale a gagné une vertèbre aux dépens de la région lombaire. Cette disposition est celle que l'on trouve à l'état normal chez le gorille et le chimpanzé. La différence entre l'homme et ces deux anthropoïdes est donc peu importante, elle n'excède pas l'étendue des variations qui peuvent se produire chez l'homme. Ce qui est essentiel à considérer, c'est le nombre total des vertèbres dorso-lombaires, plutôt que leur répartition entre les deux régions du thorax et des lombes. Sous ce rapport, le gorille et le chimpanzé se placent à côté de l'homme. L'orang, n'ayant que douze vertèbres costales, semble, au premier abord, plus rapproché de nous; mais en réalité il s'en éloigne davantage, puisqu'il lui manque une vertèbre lombaire et qu'il n'a en tout que seize vertèbres dorso-lombaires [1].

A mesure que l'on descend dans la série des primates, on voit s'accroître le nombre de ces vertèbres dorso-lombaires. Il y en a déjà dix-huit chez les gibbons ; dix-neuf chez les pithéciens; chez les cébiens, où le nombre des côtes s'élève généralement à quatorze, celui des vertèbres dorso-lombaires atteint ordinairement le chiffre de dix-neuf, mais il s'élève jusqu'à vingt-deux chez les nyctipithèques. Chez les lémuriens enfin ce chiffre est encore dépassé et peut aller jusqu'à vingt-quatre (loris). Il est évident

[1] Camper a cependant vu à Londres un squelette d'orang sur lequel il y avait cinq vertèbres lombaires et dix-sept vertèbres dorso-lombaires comme chez l'homme.

que sous ce rapport il y a beaucoup moins de différence entre l'homme et les anthropoïdes qu'entre ceux-ci et les autres singes.

Le nombre des vertèbres sacrées atteint son maximum chez l'homme, où il y en a le plus ordinairement cinq, comme chez le gorille et l'orang. Ce nombre descend, chez les autres singes, à quatre, à trois et même à deux chez quelques makis. La force du sacrum s'atténue à mesure que son importance physiologique diminue. Chez les bipèdes, cet os, supportant tout le poids du corps, est large, épais et grand dans toutes ses parties; chez les singes à marche quadrupède, il ne transmet plus aux os iliaques que le poids du train postérieur, et son volume décroît avec sa fonction. Ici encore nous voyons les anthropoïdes se séparer des quadrupèdes, prendre place à côté des bipèdes et différer de l'homme moins que des singes ordinaires.

Le nombre des vertèbres coccygiennes ne dépasse pas quatre ou cinq chez l'homme, dont le coccyx est entièrement enseveli sous la peau. L'homme, en d'autres termes, n'a pas de queue et diffère par là de la plupart des singes. Ce prolongement caudal, qui acquiert un si grand développement chez la plupart des cébiens et qui constitue pour eux un puissant organe de préhension, est en général moins long chez les pithéciens et cesse en outre chez eux d'être préhensile. Il devient même tout à fait nul chez le magot. Malgré cette dernière exception, on peut dire d'une manière très-générale que l'existence de la queue est un caractère commun aux pithéciens, aux cébiens, aux lémuriens, c'est-à-dire aux trois familles de primates à marche quadrupède, et on peut ajouter que ce caractère est un de ceux qui les distinguent le plus évidemment du type humain. Or tous les anthropoïdes, sans exception, sont privés de queue ; leur coccyx est, comme chez l'homme, réduit à un très-petit nombre de pièces et entièrement caché sous la peau. Il n'y a sous ce rapport entre eux et l'homme aucune différence, tandis que d'eux aux singes proprement dits la différence est très-considérable.

Quelques mots maintenant sur les vertèbres cervicales. Leur apophyse épineuse, bifurquée chez l'homme, est simple chez les anthropoïdes comme chez les singes. On a pu dire par conséquent que la bifurcation de ces apophyses était un caractère humain. Cependant Isidore Geoffroy Saint Hilaire a constaté qu'elles sont simples dans la race hottentote, et on sait en outre que chez le chimpanzé les apophyses épineuses des deuxième et troisième cervicales sont souvent bifurquées. Il y a donc là une sorte de transition qui atténue l'importance de ce caractère.

Chez les carnassiers, on voit se détacher du bord antérieur (ou plutôt inférieur) des apophyses transverses cervicales une lame osseuse, mince et large, qui forme de chaque côté des corps vertébraux une crête presque tranchante. Ce caractère se retrouve chez les lémuriens et chez la plupart des singes inférieurs. Il est encore très-prononcé chez le magot. Il fait entièrement défaut chez les anthropoïdes, qui, sous ce rapport, ne diffèrent nullement de l'homme et diffèrent beaucoup de la plupart des autres singes.

On sait que le corps des vertèbres cervicales de l'homme présente sur sa face supérieure une excavation assez profonde, connue sous le nom de *crochet*. Ce crochet se retrouve sur les anthropoïdes ; déjà faible chez les gibbons, il est presque nul chez les semnopithèques et tout à fait nul chez les singes moins élevés. Dans cette série décroissante, les anthropoïdes sont plus rapprochés de l'homme que des singes.

B. *Bassin.* — Il n'est pas nécessaire d'insister longtemps pour montrer l'étroite connexité qui existe entre la conformation du bassin et l'attitude ordinaire du corps dans la station ou dans la marche. Chez les quadrupèdes, le bassin ne transmet aux membres inférieurs qu'une partie du poids du corps ; en outre, il ne supporte pas directement le poids des viscères abdominaux, qui sont suspendus au-dessous de la colonne vertébrale. Chez les bipèdes, au contraire, le bassin supporte tout le poids du tronc et de la tête, et en outre les viscères abdominaux, attirés par la pesanteur, reposent directement sur ses valves élargies. Il en résulte que le bassin des quadrupèdes est beaucoup plus développé en longueur qu'en largeur, tandis que celui des bipèdes est relativement beaucoup moins haut et s'étale davantage dans le sens transversal.

Chez les anthropoïdes cet organe est plus étroit et plus long que chez l'homme, mais il l'est moins que chez les singes inférieurs. Le caractère le plus significatif est celui qui est tiré de la conformation des fosses iliaques. On sait qu'il y a deux fosses iliaques : l'une interne, qui concourt a former la cavité abdominale; l'autre externe, qui correspond à la région de la fesse. Ces deux fosses, séparées l'une de l'autre par une mince lame de tissu compacte, sont solidaires dans leur forme. Si l'une est convexe, l'autre est concave, et réciproquement.

Chez l'homme, les deux fosses iliaques internes, qui forment le *grand bassin,* s'écartent et se déploient sous forme de deux valves concaves qui supportent le poids des viscères abdominaux; et par conséquent les fosses iliaques externes présentent une forme convexe.

Chez les quadrupèdes, y compris les lémuriens, les cébiens et les pithéciens, la fosse iliaque externe est au contraire concave, c'est-à-dire que la fosse iliaque interne est convexe.

La conformation des fosses iliaques est donc en rapport avec l'attitude verticale ou horizontale du corps, c'est-à-dire avec la marche bipède ou la marche quadrupède. La concavité des fosses iliaques externes est caractéristique de la marche quadrupède.

Étudions maintenant ce caractère important chez les anthropoïdes. Sur ce squelette de chimpanzé, et surtout sur cet os iliaque de gorille, vous voyez que la fosse iliaque externe est convexe ; il en est de même chez l'orang et chez le gibbon agile. Nous pouvons suivre sur les autres gibbons la dégradation de ce caractère : chez le gibbon siamang et le gibbon cendré, les fosses iliaques externes sont plates ; chez le gibbon albimanus, elles sont un peu concaves ; très-concaves chez le gibbon de Raffles, comme chez les pithéciens et chez les autres singes. Par conséquent, les trois premiers genres d'anthropoïdes présentent une conformation beaucoup plus voisine de celle des bipèdes que de celle des quadrupèdes ; et quoique à cet égard ils diffèrent notablement de l'homme, ils en diffèrent moins que des singes proprement dits.

C. *Sternum et thorax.* — La forme et la constitution du thorax sont étroitement liées à l'attitude générale du corps. Chez les quadrupèdes, les deux membres thoraciques, descendant vers le sol, sur les côtés du thorax et perpendiculairement à son axe longitudinal, s'opposent au développement transversal de la cage thoracique ; celle-ci a moins de largeur que de profondeur, c'est-à-dire que son diamètre transversal est moindre que la distance comprise entre le sternum et la colonne vertébrale. Chez les bipèdes, les proportions sont inverses : les membres thoraciques, pendants le long de la poitrine, ne peuvent ni la gêner ni la comprimer ; la cavité du thorax se développe dans le sens transversal plus que dans le sens antéro-postérieur. La conformation particulière du sternum est en rapport avec celle du thorax en général. Cet os, chez les quadrupèdes, est relativement plus étroit et plus épais que chez les bipèdes, où il est spongieux et de la nature des os plats.

Les trois dernières familles des primates, lémuriens, cébiens et pithéciens, ont le thorax conformé comme celui des quadrupèdes, c'est-à-dire aplati latéralement, et moins développé en largeur qu'en profondeur. Leur sternum, étroit et épais, présente plutôt, dans son ensemble, la forme d'un os long que celle d'un os plat; il est compacte et ne renferme pas de tissu spongieux. Les anthropoïdes, au contraire, ont le thorax en général et le sternum en particulier, conformés comme ceux des bipèdes. Certes, aucun d'eux ne présente exactement les proportions humaines ; mais leur poitrine diffère incomparablement moins de celle de l'homme que de celle des autres familles de primates.

Le nombre des pièces dont se compose le sternum mérite également notre attention. On sait que le sternum est considéré dans la philosophie anatomique comme formant, à l'extrémité antérieure des côtes, un appareil analogue à l'appareil vertébral qui supporte leur extrémité postérieure. De même que la colonne vertébrale se compose de pièces superposées désignées sous le nom de *vertèbres*, le sternum est constitué par la superposition d'un certain nombre de pièces, analogues aux corps vertébraux, et désignées par de Blainville sous le nom de *sternèbres*. Chez l'embryon, le nombre des sternèbres est égal à celui des côtes dites *sternales*, c'est-à-dire des côtes dont les cartilages viennent s'insérer *directement* sur les bords du sternum. Ces côtes sont au nombre de sept, et il y a par conséquent sept sternèbres primitives, qui, chez la plupart des singes, restent distinctes non-seulement jusqu'à l'époque de la naissance, mais encore jusqu'à un âge avancé. Chez l'homme, l'ostéogénie du sternum permet de retrouver, dans la substance cartilagineuse où se développe cet os, une double rangée de points d'ossification qui représentent les sternèbres, mais qui affectent rarement une symétrie parfaite, et qui pour la plupart se fusionnent les uns avec les autres. Seule, la sternèbre supérieure, qui supporte la première côte, reste distincte, et constitue une pièce supérieure appelée *poignée* ou *manche du sternum*. Les six autres sternèbres se soudent avec une *seconde pièce* qu'on appelle encore le *corps du sternum*, et qui supporte les six dernières côtes sternales. Le sternum humain se compose donc seulement de deux pièces distinctes; une troisième pièce terminale, cartilagineuse, connue sous le nom d'*appendice xiphoïde,* complète l'appareil sternal.

Chez les anthropoïdes, le nombre des pièces définitives du sternum est toujours inférieur au nombre des sternèbres primitives, mais il est assez variable. La première pièce, le manche du sternum, est constante chez eux, comme d'ailleurs chez tous les mammifères pourvus de clavicules. Il en est de même de la pièce terminale, ou appendice xiphoïde. Ce qui varie, c'est le degré de fusion ou d'isolement des six dernières sternèbres. Le type humain ne s'observe que chez les gibbons; leur sternum osseux ne se compose que de deux pièces que l'on peut appeler, comme chez l'homme, le *manche* et le *corps* ; en y ajoutant l'appendice xiphoïde cela fait trois pièces. Le nombre des pièces définitives s'accroît chez l'orang, le gorille, et s'élève jusqu'à cinq chez le chimpanzé. C'est seulement chez les pithéciens qu'il devient égal au nombre des sternèbres [1]. C'est ce que montre le petit tableau suivant :

NOMBRE DE PIÈCES DU STERNUM.

	Manche du sternum.	Corps du sternum.	Appendice.	Total.
Homme	1 pièce.	1 pièce.	1	3
Gibbon	1 —	1 —	1	3
Orang	1 —	3 —	1	5
Gorille mâle	1 —	3 —	1	5
Gorille femelle du Muséum	1 —	4 —	1	6
Chimpanzé	1 —	4 —	1	6
Magot	1 —	7 —	1	8

[1] Galien a décrit le sternum humain comme composé de sept pièces, et c'est un des arguments que Vésale a fait valoir pour démontrer que

Par conséquent, sous le rapport du nombre des pièces qui composent le corps du sternum, il n'y a pas de différence entre l'homme et les gibbons, et il y a moins de différence entre l'homme et les gibbons d'une part, l'orang et le gorille d'autre part, qu'entre ceux-ci et le magot.

Je viens de passer en revue les différentes parties du squelette du tronc, en les considérant principalement sous le point de vue de leurs rapports avec les attitudes de la station et de la marche. Ces parties, étudiées dans les cinq familles de l'ordre des primates, nous ont montré dans la première famille, celle des hominiens, toutes les dispositions favorables à l'attitude verticale et à la marche bipède; et dans les trois dernières familles, pithéciens, cébiens et lémuriens, toutes les dispositions propres à favoriser l'attitude horizontale et la marche quadrupède. Puis, entre ces deux termes extrêmes de la série des primates, nous avons trouvé dans la seconde famille, celle des anthropoïdes, des caractères que l'on peut dire intermédiaires, mais qui cependant sont toujours beaucoup plus rapprochés de ceux des bipèdes que de ceux des quadrupèdes. L'attitude des anthropoïdes n'est ni horizontale ni verticale : elle est oblique, mais bien plus voisine de la rectitude que de l'horizontalité. Les anthropoïdes sont des

cet anatomiste n'avait disséqué que des singes. Le singe qui a servi aux descriptions de Galien, et que les anciens appelaient le *pithèque*, n'était autre chose que le magot. Camper a supposé que Galien avait pu connaître l'orang, et s'est demandé si le pithèque, singe sans queue, n'était pas un orang; mais le sternum de l'orang n'a que quatre pièces, tandis que celui du magot en a sept. Le *pithèque* de Galien était donc le magot, qui, comme on sait, n'a point de queue; et c'est à tort que quelques auteurs modernes ont appliqué à l'orang le nom de *pithèque* (*pithecus*), qui date d'une époque où l'on ne connaissait aucun de nos anthropoïdes. Ce nom m'a paru au contraire excellent pour désigner la famille des singes connus des anciens, c'est-à-dire les singes non anthropoïdes de l'ancien continent.

bipèdes imparfaits, mais ce sont des bipèdes. Cette conclusion ressortira bien mieux encore de l'étude des membres.

§ 3. *Parallèle anatomique des membres des primates. La main et le pied.*

Parlons donc maintenant des membres, et plus particulièrement de leurs extrémités. Cette question, très-importante en elle-même, l'est devenue surtout depuis que Blumenbach et Cuvier ont scindé l'ancien ordre des *primates* de Linnæus en deux ordres, admis aujourd'hui par la plupart des zoologistes : les bimanes ou mammifères à deux mains, et les quadrumanes ou mammifères à quatre mains.

Il est clair qu'un caractère sur lequel on fait reposer la distinction de deux ordres zoologiques a besoin d'être déterminé par une définition. On est cependant bien loin de s'entendre sur ce que c'est qu'une main ou un pied. Pendant que les uns rangent les singes anthropoïdes parmi les bimanes, d'autres nous les présentent comme des types de quadrumanes. On ne discuterait pas sur des choses aussi faciles à constater, si la distinction de la main et du pied, telle qu'on l'a faite pour les besoins de la classification, reposait sur l'anatomie, si elle n'était pas quelque peu arbitraire, si ce n'était pas surtout une distinction de mots. Ce n'est pas autre chose en effet ; et qu'importent les mots qu'on emploie, pour celui qui connaît les objets qu'ils désignent ? Si l'extrémité qui termine le membre abdominal du gorille est semblable au pied de l'homme, si elle se compose des mêmes os, des mêmes muscles, si, par tous ses caractères anatomiques, elle diffère de l'extrémité qui termine les membres thoraciques, ce n'est pas avec un mot qu'on effacera cette analogie ou qu'on détruira cette dissemblance. Les personnes entièrement étrangères aux connaissances anatomiques peuvent s'y laisser tromper ; elles peuvent croire que les quatre extrémités des animaux appelés quadrumanes ont la structure de notre main ; que les quatre extrémités des animaux appelés quadrupèdes sont construites sur le type de notre pied. Mais ici, dans cette assemblée scientifique, personne ne prendra l'ombre pour la proie, le mot pour la chose.

Si l'on se plaçait au point de vue de l'anatomie pure, cette discussion n'aurait aucune raison d'être. Elle n'a pris naissance que parce qu'on a préféré le point de vue physiologique, et on ne l'a fait que parce que l'anatomie manquait d'élasticité et de complaisance, parce qu'elle ne se prêtait pas aux illusions dont on avait besoin pour établir l'ordre des quadrumanes.

L'anatomie, en effet, nous montre que, dans toute la série des mammifères terrestres, comme chez tous les vertébrés pourvus de quatre membres, le membre thoracique et le membre abdominal se composent l'un et l'autre de quatre segments principaux, qui présentent respectivement des analogies frappantes, mais qui présentent aussi, d'un membre à l'autre, des différences assez grandes pour que chacun de ces segments et chacun des os dont il se compose aient reçu des noms particuliers. Ceux-ci se maintiennent invariablement, pour chaque os, dans toute la série. Partout l'os du premier segment du membre thoracique s'appelle l'omoplate et celui du second l'humérus ; le radius et le cubitus forment le troisième segment, et le quatrième se compose de trois parties nommées le carpe, le métacarpe et les phalanges métacarpiennes. — Le membre abdominal comprend, de la même manière, un premier segment formé par l'os coxal ; un second dont l'os est le fémur ; un troisième, avec deux os, le péroné et le tibia ; un quatrième enfin dont les trois parties s'appellent le tarse, le métatarse et les phalanges métatarsiennes. Voilà pour le squelette ; et si les os qui le constituent portent sur les deux paires de membres des noms distincts, si, en les désignant ainsi, on a voulu les différencier, ce n'est pas, sans doute, pour arriver à confondre ensuite les segments qui leur correspondent. C'est pourquoi tous les anatomistes, tous les zoologistes ont distingué pour le premier segment l'épaule de la hanche, pour le second le bras de la cuisse, pour le troisième l'avant-bras de la jambe. C'est seulement pour le quatrième et dernier segment qu'ils ont hésité. La logique aurait voulu que le segment terminal du membre thoracique se distinguât aussi de celui du membre abdominal par un nom particulier; cela semblait nécessaire dans l'intérêt de la clarté. Mais il y avait dans le langage vulgaire des habitudes contre lesquelles on n'a pas osé réagir. Comment aurait-on refusé quatre pieds à des animaux désignés de tout temps sous le nom de *quadrupèdes?* En outre, quoique le nom de *quadrumanes* appliqué aux singes ne paraisse pas antérieur à Tyson (1699), c'était depuis longtemps une opinion généralement répandue que les singes ont quatre mains. Ces expressions, antérieures à l'anatomie comparée, se sont donc imposées à la langue scientifique. Il y a bien quelques auteurs qui ont essayé de faire prévaloir les droits de l'observation anatomique. Ainsi Vicq-d'Azyr, en décrivant les quadrupèdes, appelle *main* le segment terminal de leur membre thoracique et *pied* celui de leur membre abdominal. Il donne également le nom de *pied* à la main postérieure des singes, appelés par lui *pédimanes*. Isidore Geoffroy Saint-Hilaire, dans ses premiers travaux, a été plus catégorique encore. « Les membres dit-il, sont toujours composés de quatre parties : l'épaule, le bras, l'avant-bras et la main pour l'antérieur; le bassin, la cuisse, la jambe et le pied pour le postérieur. » (*Dict. classique d'hist. nat.*, art. MAMMIFÈRES, t. X, p. 82, in-8°, 1826.) Enfin Hollard, l'un des élèves de Blainville, a également, dans son *Précis d'anatomie comparée*

(1838, in-8°), désigné respectivement sous les noms de *main* et de *pied* le dernier segment des membres de tous les mammifères. Mais quelque rationnelles que soient ces dénominations, basées sur la détermination anatomique, je n'essayerai pas de les faire triompher. Aussi bien, je me propose d'étudier les faits et non de réformer le langage; et puisqu'il est admis aujourd'hui que la physiologie doit intervenir dans la distinction de la main et du pied, je ne chercherai pas à l'en exclure : je chercherai seulement à me pénétrer de cette idée, que les phénomènes fonctionnels ne doivent être acceptés dans les classifications zoologiques que comme l'expression et la résultante des conditions anatomiques.

Après ces réserves faites, cherchons quelle peut être la distinction *physiologique* de la main et du pied.

Qu'est-ce qu'un pied? C'est une extrémité qui sert principalement à la station et à la marche. Qu'est-ce qu'une main? C'est une extrémité qui sert principalement à la préhension et au toucher. J'insiste sur le toucher. On ne parle généralement que de la préhension, ce qui est une très-grave lacune, car il y a des pieds préhensiles dans plusieurs ordres de mammifères, d'oiseaux et de reptiles. Le pied de l'homme lui-même est un peu préhensile. Ce qui fait le caractère, je dirais presque la noblesse de la main, c'est qu'en prenant les objets elle les touche, les étudie, les fait connaître, d'où est venu cet antique paradoxe, que l'intelligence de l'homme procède de sa main.

Maintenant, une extrémité qui sert à la fois à la préhension et à la station est-elle un pied ou une main? Je pense que si la préhension ne fait que concourir à la station, au mode particulier de locomotion de l'animal, l'extrémité ne cesse pas pour cela d'être un pied. Si, au contraire, la préhension est en rapport avec d'autres usages, si elle sert principalement à ramasser les objets, à porter les aliments à la bouche, à lancer des projectiles, à manier les corps, à les examiner, à les toucher, elle constitue alors un caractère de la main.

A ce titre, les singes, surtout les singes supérieurs, ont deux pieds et deux mains. Leurs quatre extrémités sont préhensiles, et, chose remarquable, leurs pieds ont généralement une force de préhension très-supérieure à celle de leurs mains; voilà pourquoi l'on dit souvent que les mains postérieures des quadrumanes sont plus parfaites que les antérieures. C'est une erreur. Plus fortes, oui; plus parfaites, non. La plupart des quadrumanes sont arboricoles; pour grimper aux arbres, pour s'y maintenir, pour s'y fixer pendant que leurs véritables mains fonctionnent d'une autre manière, ils se servent principalement de leurs pieds préhensiles, dont la force se développe en proportion, et devient supérieure à celle des extrémités brachiales. Quant à ces dernières, elles servent aussi sans doute à la station et à la locomotion; mais l'animal pouvant, sans leur concours, se tenir quelquefois en équilibre, les emploie à d'autres usages. Je me suis plusieurs fois arrêté au Jardin des plantes, devant l'immense cage vitrée où les singes, dans les beaux jours, prennent leurs ébats, et j'ai pu m'assurer que, pour manger, pour manier les objets, pour les étudier, pour faire des niches à leurs voisins, ils emploient surtout leurs extrémités antérieures, c'est-à-dire leurs mains. Et je montrerai tout à l'heure, par l'analyse des conditions anatomiques qui sont en rapport avec ces mouvements variés et compliqués, que la main des singes est un instrument beaucoup plus parfait que leur pied.

Mais auparavant il n'est pas inutile de rappeler de quelle manière on a jusqu'ici défini la main. Cuvier comprit le premier que cette distinction était la base nécessaire de la distinction des bimanes et des quadrumanes, dont il faisait deux ordres séparés. «Ce qui constitue la main, dit-il, c'est la faculté d'opposer le pouce aux autres doigts pour saisir les plus petites choses. » Notez qu'il ne s'agit pas ici de la préhension pure et simple : Cuvier savait mieux que personne que beaucoup de carnassiers, de rongeurs, de marsupiaux, sans parler des oiseaux et des reptiles, peuvent saisir les objets avec leurs doigts, ou au moins avec leurs griffes, que bon nombre d'entre eux se servent même de cette faculté pour porter leurs aliments à leur bouche. Aussi ajouta-t-il que le caractère de la main était la faculté « de saisir les plus petites choses ». Il aurait peut-être fallu, pour compléter la définition, distinguer les choses « les plus petites » qui ne peuvent être saisies que par une main, des choses moins petites qui peuvent être saisies par un pied. Mais je ne pousserai pas jusque-là la curiosité.

Isidore Geoffroy Saint-Hilaire a élevé contre cette définition de Cuvier deux objections d'inégale force. Il a prouvé d'abord, par un grand nombre d'exemples, que le pied de l'homme, lorsqu'il n'est pas étouffé, immobilisé et atrophié par des chaussures étroites, peut devenir un instrument de préhension. Il a rappelé les rameurs chinois, les résiniers des Landes, les peintres privés de bras, etc., et il en a conclu que la définition de Cuvier ne pouvait servir à distinguer le pied de la main. Je suis convaincu effectivement qu'à la faveur d'une éducation convenable, tout homme pourrait parvenir à saisir avec son pied des objets même très-petits. L'argument serait donc valable si Cuvier n'avait parlé que de la préhension ; mais il y a joint un autre caractère : l'opposition du pouce ; et ici l'objection d'Isidore Geoffroy Saint-Hilaire est tout à fait en défaut. Il n'existe aucune preuve que jamais, dans aucune race, dans aucune condition d'éducation, l'homme ait pu rendre son gros orteil opposable. C'est en écartant et rapprochant transversalement le gros orteil, ou en le portant dans l'extension et dans la flexion, et non en le retournant de manière à l'appliquer sur la plante ou sur la pulpe des autres orteils, que l'homme transforme son pied en un instrument de préhension. J'ai eu l'occasion d'étudier ce mécanisme sur un bateleur nommé Ledgewood, que j'ai montré à la Société anatomique, et dont j'ai publié l'observation détaillée (*Bull. de la Soc. anat.*, 1852, t. XXVII, p. 275-294). Cet homme, né sans mains, et n'ayant qu'une seule jambe, exécutait avec son pied unique la plupart des actes que nous ne savons exécuter qu'avec la main. Il écrivait, dessinait, saisissait son rasoir, se rasait, ramassait une épingle, enfilait une aiguille, chargeait un pistolet et le tirait avec précision, etc. Il avait fini, à force d'exercice, par donner plus d'étendue aux mouvements normaux de ses deux premiers orteils ; il en tirait parti avec une adresse merveilleuse, pour suppléer aux mains dont il était privé ; et il pouvait ainsi « saisir les plus petites choses » ; mais les fonctions de son pied n'avaient subi aucune modification essentielle, et son gros orteil n'était pas devenu plus opposable qu'il ne l'est sur le pied d'un homme ordinaire. Je n'accorde donc aucune importance à la première objection d'Isidore Geoffroy Saint-Hilaire contre la définition de Cuvier.

Mais cette définition prête le flanc à une autre objection tout à fait décisive. Si la main est caractérisée par « la faculté d'opposer le pouce aux autres doigts », il est clair qu'il ne peut y avoir de main là où il n'y a pas de pouce. Or Isidore Geoffroy Saint- Hilaire n'a pas eu de peine à démontrer que, chez plusieurs espèces de singes, l'extrémité du membre thoracique ne possède qu'un pouce rudimentaire, tantôt réduit à un simple tubercule sans ongle, tantôt plus atrophié encore et entièrement enseveli sous les chairs. Tels sont les atèles et les ériodes, singes du nouveau continent. Chez les ouistitis, le pouce existe, mais il n'est pas opposable, il ne possède que des mouvements d'adduction et d'abduction, qui sont même très-restreints.

Dans la plupart des autres genres de singes américains, alouates, sajous, lagotriches, le pouce, quoique opposable, l'est fort peu, et Isidore Geoffroy Saint-Hilaire conclut en disant qu'on serait conduit, par la définition de Cuvier, à refuser le nom de *quadrumanes* à tous les primates du nouveau continent (*Hist. nat. gén. des règnes organiques*, t. II, p. 204; Paris, 1859, in-8°). J'ajoute que, sans descendre jusqu'à la famille des cébiens, il aurait pu citer parmi les singes de l'ancien monde l'exemple du genre colobe, voisin des semnopithèques; chez tous les colobes, en effet, le pouce est rudimentaire, il est même nul dans l'espèce que M. van Beneden a décrite sous le nom de *colobus verus*. Ce n'est donc pas le pouce qui constitue le caractère distinctif de la main.

Après avoir, par cette objection sans réplique, renversé la définition de Cuvier, Isidore Geoffroy a voulu à son tour définir la main, et il l'a fait dans les termes suivants: « La main est une extrémité pourvue de doigts allongés, profondément divisés, très-mobiles, très-flexibles, et par suite susceptibles de saisir (*loc. cit.*, p. 199). » De la sorte, il a pu continuer à dire que les singes sont quadrumanes, que l'homme seul est bimane. Mais il n'a pas vu que sa définition s'appliquait aussi bien aux pieds des perroquets et des caméléons, dont les orteils sont « longs, profondément divisés, très-mobiles, très-flexibles, et par suite susceptibles de saisir ». Voilà où peuvent conduire les classifications et les définitions basées sur la seule physiologie. En pareille matière, on ne peut, sans risquer de commettre les plus graves confusions, substituer les résultats fonctionnels aux faits anatomiques dont ils dépendent. Toutefois, comme il y a des rapports nécessaires entre le jeu des organes et leur constitution matérielle, j'essayerai de soumettre ce problème à une analyse plus complète, et de faire reposer sur une série de caractères anatomiques la distinction, jusqu'ici mieux sentie qu'exprimée, de ce qu'on appelle *une main* et de ce qu'on appelle *un pied*. Pour cela, je ne considérerai pas seulement les extrémités des membres, mais les membres tout entiers. Et je commencerai, contrairement au procédé ordinaire, par l'étude du pied ; car le pied, d'après l'idée qui s'y rattache, est le type général, le type fondamental des extrémités des membres des animaux qu'on appelle aujourd'hui *mammifères*, mais qu'on a longtemps appelés *quadrupèdes*. La main n'est qu'un pied modifié et devenu ainsi apte à de nouvelles fonctions, et il est rationnel d'examiner le cas général avant le cas particulier. Cela nous permettra d'ailleurs de suivre plus aisément, dans la série des primates, les formes intermédiaires qui établissent la transition entre la main et le pied.

Le pied, avons-nous dit, est l'extrémité qui sert à la station et à la marche ; aussi donne-t-on le nom de *quadrupèdes* aux animaux qui marchent sur leurs quatre extrémités. Le pied type est donc celui qui est le mieux disposé pour supporter le poids du corps et pour lui donner une base solide en même temps que mobile. Mais la mobilité est en raison inverse de la solidité ; et s'il est nécessaire que le membre qui se termine par un pied puisse se mouvoir librement dans le sens de la marche, il est utile que ce membre ne puisse se prêter, dans les autres sens, qu'à des mouvements assez restreints. De là une première condition : l'articulation supérieure, celle qui est située à la racine du membre, entre le premier et le second segment, exécute, d'avant en arrière et d'arrière en avant, des mouvements très-étendus ; mais l'adduction, l'abduction et la circumduction y sont au contraire assez limitées.

Au-dessous de cette première articulation, entre le deuxième et le troisième segment du membre, existe une seconde articulation, appelée tantôt *le coude* et tantôt *le genou*, qui ne nous fournit pas de caractère distinctif, car elle est toujours construite sur le type des ginglymes, qui ne se meuvent que dans un seul sens. Mais le troisième segment, qui porte le nom de *jambe* ou celui d'*avant-bras*, se compose de deux os parallèles dont les connexions réciproques sont très-variables. Lorsque ces deux os sont articulés en trochoïde, de manière à tourner l'un sur l'autre, le segment correspondant du membre et l'extrémité qui lui fait suite exécutent des mouvements de *pronation* et de *supination*. Lorsqu'ils sont fixés solidement l'un à l'autre, à plus forte raison lorsqu'ils sont plus ou moins fusionnés, comme chez les ruminants et les solipèdes, ces mouvements sont impossibles, et l'extrémité, ne pouvant tourner, acquiert pour la station et pour la marche une grande solidité. Voici donc un second caractère du pied considéré comme instrument de locomotion : l'absence des mouvements de pronation et de supination dans le troisième segment du membre.

Enfin il ne suffit pas que les articulations des trois premiers segments soient disposées de manière à assurer la solidité du point d'appui : il faut encore que ce point d'appui soit assez large pour fournir une base de sustentation suffisante. Si l'axe du segment terminal était sur le prolongement de l'axe du segment précédent, l'extrémité ne rencontrerait le sol que par la pointe de ses appendices digitaux. Or ce n'est pas par une ou plusieurs pointes, mais par des surfaces aplaties et plus ou moins larges que l'on peut prendre sur le sol un solide point d'appui. Il en résulte qu'une extrémité sur laquelle on marche ne peut pas rester dans la rectitude ; il faut qu'une ou plusieurs de ses articulations se fléchissent de telle sorte que l'axe de cette extrémité, ou du moins de la partie qui appuie sur le sol, devienne horizontal. Ce changement de direction s'effectue toujours par un mouvement de flexion en avant ; en d'autres termes, la face du pied qui devient *plantaire* est toujours celle qui fait suite à la face postérieure du membre. Le point où s'effectue ce changement de direction est fort variable ; c'est tantôt au niveau de l'articulation supérieure du tarse ou du carpe, tantôt plus bas dans les articulations des premières phalanges, tantôt dans les articulations médiophalangiennes, et souvent enfin l'inflexion se partage entre ces diverses lignes articulaires. Il en résulte que la partie horizontale qui sert de point d'appui occupe quelquefois toute la longueur de la face plantaire (plantigrades); d'autres fois seulement la portion digitale (digitigrades), d'autres fois enfin la base est moins étendue encore et ne comprend que la face inférieure des phalanges unguéales (ungulogrades). La diversité de ces formes explique la difficulté que l'on a éprouvée lorsqu'on a voulu définir le pied ; mais si on les compare attentivement, on reconnaît qu'elles ont toutes un caractère commun, savoir : le changement de direction du membre, qui de descendant devient horizontal. C'est là le troisième caractère du pied, son caractère intrinsèque, car les deux premiers se rapportent aux autres segments du membre.

En résumé, les conditions anatomiques qui concourent à assurer la fonction essentielle du pied sont au nombre de trois principales :

1° A la racine du membre, une articulation dont les mouvements s'effectuent surtout en avant et en arrière, c'est-à-dire dans le sens de la marche ;

2° Mouvements de pronation et de supination nuls, ou du moins fort peu étendus ;

3° Changement de direction du segment terminal, qui se fléchit en avant pour présenter au sol une face horizontale.

Ces trois caractères, je n'ai pas besoin de le dire, sont réunis dans le membre abdominal de l'homme ; mais ils se retrouvent en outre dans le membre abdominal de tous les mammifères complets. Partout l'articulation coxo-fémorale est disposée de manière à jouer principalement dans le sens antéro-postérieur. Partout, quel que soit le nombre des métatarsiens et des divisions digitales, l'axe du pied, ou du moins de sa partie antérieure, se détache de l'axe de la jambe pour se diriger en avant et devenir horizontal. Partout enfin, ou du moins presque partout, le tibia et le péroné sont unis de manière à rendre absolument impossibles les mouvements de pronation et de supination. Cette dernière règle souffre quelques exceptions, mais seulement chez certains chéiroptères et chez plusieurs didelphes ; et c'est bien le cas de dire que l'exception confirme la règle, car les pieds des chéiroptères sont plutôt des espèces de crampons que de véritables organes de locomotion ; et quant aux didelphes, ils n'auraient pas été qualifiés de *paradoxaux* si leur organisation ne différait par une multitude de caractères de celle des mammifères ordinaires. Quoi qu'il en soit, la jambe des prétendus quadrumanes est entièrement privée des mouvements de pronation et de supination, et tous les segments de leur membre abdominal, depuis la hanche jusqu'à la plante, sont construits et disposés de manière à réaliser toutes les conditions de la station sur les pieds.

Voyons maintenant quelles sont les modifications que subit la disposition générale du membre lorsque le pied devient une main. Pour cela, considérons le membre supérieur de l'homme, et cherchons en quoi il diffère du type que nous venons de déterminer.

Et d'abord l'articulation de l'épaule est très-mobile dans tous les sens. C'est la plus mobile de nos articulations. L'humérus peut par conséquent se porter dans toutes les directions. Le bras, séparé du tronc jusqu'à sa racine, exécute librement les mouvements d'abduction, de rotation et de circumduction. Ces phénomènes physiologiques sont dus sans doute en partie à la laxité de l'articulation, à la force et à la disposition des muscles; mais ils sont en rapport surtout avec la direction des surfaces articulaires, et spécialement avec la direction de la tête de l'humérus. L'axe de cette tête n'est pas compris dans un plan antéro-postérieur, comme on le voit généralement chez les quadrupèdes, mais dans un plan transversal, condition extrêmement favorable au mouvement d'abduction. De même, la cavité glénoïde de l'omoplate n'est pas tournée en avant, mais en dehors. Il en résulte que le bras se détache entièrement du thorax, et l'indépendance de ce membre est rendue plus complète encore par la longueur de la clavicule, qui tient l'articulation de l'épaule écartée de la paroi thoracique.

Cette mobilité considérable, et dans toutes les directions, de l'articulation supérieure constitue le premier caractère d'un membre qui se termine par une main.

Le second caractère s'observe à l'avant-bras, où le radius, articulé en trochoïde, exécute autour du cubitus des mouvements de pronation et de supination, dont l'amplitude atteint 180 degrés. De la sorte, la main, fixée au radius et tournant avec lui, peut diriger successivement chacune de ses faces en avant et en arrière, porter son bord externe en dedans, son bord interne en dehors.

Enfin, et c'est là le troisième caractère, l'axe de la main, dans l'attitude naturelle, est placé sur le prolongement de l'axe de l'avant-bras. La mobilité considérable des articulations du poignet permet sans doute à la main de se fléchir comme un pied, de manière à rendre la face palmaire horizontale et susceptible de s'appuyer sur le sol; mais la main peut aussi se fléchir en sens inverse, dans une étendue presque égale; et c'est ce qui la distingue entièrement du pied, car si le pied, dont l'attitude naturelle est la flexion en avant, peut se redresser plus ou moins, et même dans certaines espèces arriver jusqu'à l'extension en ligne droite, jamais du moins il ne dépasse cette limite, jamais il ne peut se retourner pour diriger vers le sol la face dorsale de ses orteils. La main, au contraire, lorsqu'elle sert de point d'appui, peut appliquer sur un plan horizontal la face dorsale de ses doigts, aussi bien que leur face palmaire. Mais, dans l'un et l'autre cas, elle s'éloigne de son attitude naturelle, qui est verticale ; tandis que, lorsque le pied se redresse, il s'éloigne de son attitude naturelle, qui est horizontale.

Tels sont les trois principaux caractères qui distinguent un membre terminé par une main. Ce membre, comparé à celui qui se termine par un pied, présente une mobilité beaucoup plus grande, nécessairement acquise aux dépens de la fixité qu'exigent la station et la marche ; ce n'est donc plus qu'un instrument de locomotion accessoire et imparfait, et les animaux qui sont obligés de s'en servir à cet usage ne progressent qu'avec difficulté sur un plan horizontal ; mais chez l'homme, dont l'attitude est verticale et la marche bipède, l'excessive mobilité du membre thoracique n'a plus aucun inconvénient, et offre au contraire les plus précieux avantages. La main, détachée du sol et délivrée de la fonction grossière du pied, devient propre à une foule d'usages. Elle peut atteindre tous les points de la surface du corps, et constitue l'instrument par excellence du toucher, de la préhension et du travail. L'homme, étant le seul mammifère absolument bipède, est aussi le seul dont la main soit parfaite. C'est chez lui que l'on constate, entre la main et le pied, la différence la plus complète, et cette différence est si grande que, si l'on ne considérait que lui seul, on pourrait se demander s'il est bien exact de dire que la main n'est qu'un pied modifié. Mais l'anatomie comparée permet de suivre pas à pas les transformations graduelles qui établissent la transition entre le type du pied et celui de la main.

Ces modifications ne s'observent que sur le membre thoracique. Certaines particularités de structure peuvent donner au pied de derrière une faculté de préhension qui simule plus ou moins les fonctions d'une main; mais elles sont exclusivement limitées à la région digitale. Au point de vue anatomique, elles sont très-légères, et j'ose dire que, par la constitution du membre qui le surmonte, par le nombre, la forme, les rapports des os qui le composent et des muscles qui le meuvent, le pied postérieur est toujours un véritable pied, aussi bien chez les prétendus quadrumanes que chez les quadrupèdes ordinaires et que chez l'homme lui-même. Ce pied, chez les singes inférieurs, se rapproche davantage de celui des carnassiers; chez les singes supérieurs, il se rapproche davantage du pied de l'homme; mais, entre le pied de l'homme et le pied postérieur des carnassiers, il n'y a pas de différence essentielle et les formes intermédiaires que présente le pied postérieur des singes ne peuvent par conséquent pas être rattachées à un autre type.

C'est donc seulement sur le membre thoracique qu'il y a lieu d'étudier le passage du type du pied au type de la main.

A vrai dire, ce n'est guère que chez les mammifères ongulés (ruminants et pachydermes) que l'extrémité du membre thoracique réalise complétement les conditions du pied [1].

Chez tous les autres mammifères, monodelphes ou didelphes, l'extrémité antérieure, alors même qu'elle sert principalement à la marche, est déjà modifiée de manière à pouvoir servir aussi à d'autres usages; beaucoup d'animaux l'emploient à porter leurs aliments à la bouche, d'autres à saisir leur proie, à creuser leur terrier, à construire

[1] Il ne saurait être question ici des cétacés, des amphibies, des chéiroptères, chez lesquels ce membre est adapté, par des modifications spéciales, à la fonction de la natation ou à celle du vol.

leur demeure, à jouer avec leurs petits, à combattre leurs ennemis. Cette multiplicité de fonctions est en rapport avec des dispositions anatomiques qui, le plus souvent, n'empêchent pas le membre antérieur d'être parfaitement approprié à la locomotion, mais qui lui donnent une plus grande mobilité, et qui établissent le premier degré du passage du pied à la main. Ainsi le pied antérieur est bien moins fléchi sur l'avant-bras, que le pied postérieur ne l'est sur la jambe. Il se redresse aussi plus aisément. A l'avant-bras, le radius et le cubitus sont mobiles l'un sur l'autre et se prêtent à de légers mouvements de pronation ou plutôt de supination, car la pronation est l'attitude naturelle du membre, c'est-à-dire que le premier doigt est toujours situé en dedans; mais cette supination est très-limitée, de sorte que l'extrémité ne peut jamais se retourner entièrement, et que le premier doigt, celui qui représente notre pouce, ne peut venir se placer sur le prolongement du bord externe du membre. Enfin l'articulation scapulo-humérale, devenue plus mobile, exécute, à défaut d'une circumduction complète, des mouvements d'abduction d'une certaine étendue. Ces divers caractères ne se développent pas de front dans toute la série des mammifères, mais leur solidarité se dessine nettement dans l'ordre des primates, où nous allons maintenant les étudier.

Ce qui frappe tout d'abord chez les primates, c'est l'indépendance du membre thoracique. Le bras des carnassiers est encore presque confondu avec le tronc; celui des primates s'en détache plus ou moins, et quelquefois presque autant que chez l'homme. L'extrémité du membre a subi une modification non moins importante. Chez les primates inférieurs, ce n'est déjà plus un pied : c'est plutôt une main qu'un pied, mais une main encore très-imparfaite, qui va se caractériser de plus en plus à mesure que nous considérerons des singes plus élevés.

Premier caractère. Direction de l'axe de la main. — Il n'est pas toujours facile d'apprécier sur les squelettes l'attitude naturelle de la main. Lorsque le squelette est disposé suivant l'attitude de la marche quadrupède, la main, étant appliquée sur un plan horizontal, est nécessairement toujours assez fortement fléchie sur l'avant-bras, quoiqu'elle le soit beaucoup moins que le pied ne l'est sur la jambe. C'est ce que vous pouvez voir sur les divers squelettes de maki, de sapajou, d'alouate, d'atèle et de magot que je vous présente (voy. plus haut p. 30, fig. 3, et p. 32, fig. 4, les squelettes du maki et du semnopithèque); et si l'on ne considérait de ces animaux que leurs squelettes desséchés dans l'attitude quadrupède, on méconnaîtrait certainement une grande partie de la différence qui existe entre leur main et leur pied. Pour apprécier cette différence, il faut l'étudier sur le vivant, ou du moins sur le cadavre frais. On voit alors que, dès que la main cesse de supporter le poids du corps, elle revient naturellement à la rectitude, tandis que le pied reste toujours fortement fléchi sur la jambe. Voici par exemple des moules qui ont été pris dans mon laboratoire sur le cadavre d'un sajou, d'un cynocéphale sphinx, d'une guenon mone et d'un jeune chimpanzé. En comparant respectivement la main de chaque animal à son pied (voy. fig. 7), on est obligé de reconnaître que ces deux extrémités sont essentiellement différentes, qu'elles appartiennent à deux types foncièrement distincts; que l'une, le pied, s'applique tout naturellement sur le sol, vers lequel sa plante est dirigée, tandis que l'autre, la main, doit subir un fort mouvement de flexion en avant, pour pouvoir servir au même usage. Suivant que cette flexion en avant est plus ou moins facile, l'animal marche plus ou moins aisément à quatre membres. Certains lémuriens, certains singes d'Amérique, auxquels Isidore Geoffroy Saint-Hilaire donnait pour cela le nom de *géopithèques*, ou singes de terre, et, parmi les singes de l'ancien continent, les magots et les cynocéphales, courent sur le sol comme de vrais quadrupèdes. Mais la plupart des autres primates sont arboricoles et marchent péniblement sur la terre. Ici encore il y a des différences et des degrés. En remontant

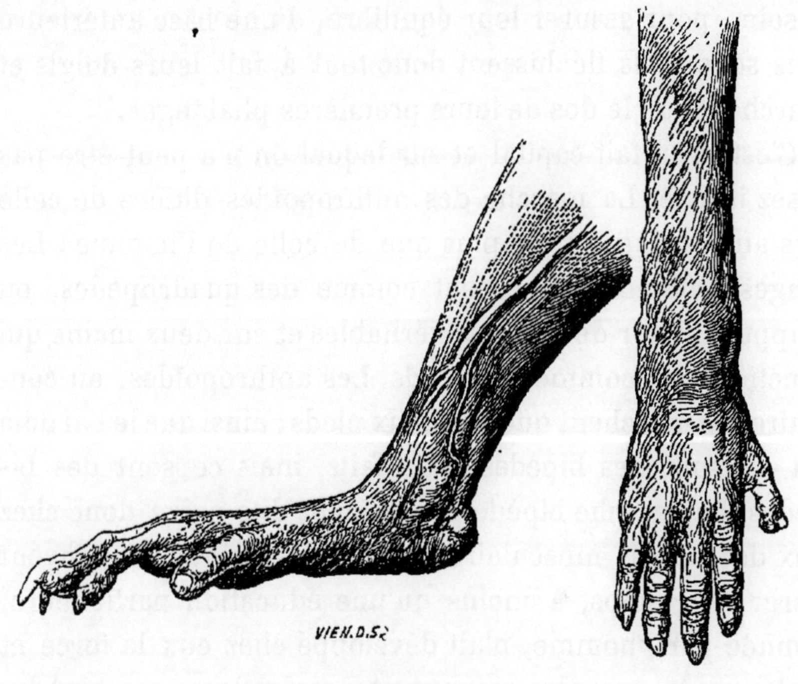

Fig. 7.

Moules de la main et du pied du cynocéphale sphinx.

la série de bas en haut jusques et y compris les semnopithèques, qui sont les plus proches voisins du groupe des anthropoïdes, la main, lorsqu'elle sert à la marche, fonctionne à la manière d'un pied, c'est-à-dire qu'elle s'applique sur le sol par sa face palmaire, le carpe fléchi en avant et les doigts étendus.

Mais si nous passons aux anthropoïdes, ce mécanisme fait place à un mécanisme diamétralement opposé. La main, pour s'appuyer sur le sol, *ne se fléchit pas en avant, mais en arrière*; les doigts ne s'étendent pas, ils se ferment au contraire, et ce n'est pas leur face *palmaire*, c'est leur face *dorsale* qui fournit le point d'appui. Les chimpanzés et les gorilles, dont le corps est peu oblique et dont les membres antérieurs n'ont à supporter qu'un poids relativement léger, ne posent sur la terre que la face dorsale de leurs secondes phalanges. Les orangs, plus obliques et plus lourds, ont besoin, pour assurer leur équilibre, d'une base antérieure plus solide; ils fléchissent donc tout à fait leurs doigts et marchent sur le dos de leurs premières phalanges.

C'est là un fait capital et sur lequel on n'a peut-être pas assez insisté. La marche des anthropoïdes diffère de celle des autres singes bien plus que de celle de l'homme ! Les singes ordinaires marchent comme des quadrupèdes, en s'appuyant sur deux pieds véritables et sur deux mains qui fonctionnent comme des pieds. Les anthropoïdes, au contraire, ne marchent que sur deux pieds; ainsi que je l'ai déjà dit, ce sont des bipèdes imparfaits, mais ce sont des bipèdes. La marche bipède proprement dite exige donc chez eux des efforts musculaires considérables qui ne peuvent durer longtemps, à moins qu'une éducation particulière, donnée par l'homme, n'ait développé chez eux la force et l'adresse des muscles spinaux et des fessiers; ces bipèdes se trouvent donc dans une condition comparable à celle d'un homme infirme ou cassé par l'âge, qui a besoin de se soutenir sur un bâton. Ils ont recours à un artifice analogue. Grâce à l'inclinaison de leur corps, à la longueur de leurs membres thoraciques, ils peuvent atteindre le sol avec leurs mains; mais ils sont tellement éloignés d'être quadrupèdes, leurs mains sont tellement peu aptes à agir comme des pieds, que c'est sur le dos de leurs doigts qu'ils prennent leur point d'appui auxiliaire, suivant un mécanisme dont on ne trouve aucun autre exemple dans toute la série des vertébrés. Ajoutons que le gorille sauvage, lorsqu'il a besoin de la liberté de ses bras, sait très-bien marcher et courir comme un bipède. Il se dresse sur ses pieds dans une attitude menaçante, se bat pendant quelques instants la poitrine avec ses bras, puis il prend sa course comme un homme et fond sur son ennemi avec une force irrésistible.

Les anthropoïdes sont donc beaucoup plus différents des quadrupèdes que des bipèdes; sous ce rapport encore ils sont bien plus voisins de l'homme que des autres singes. Ceux-ci ont, comme les anthropoïdes, deux pieds et deux mains; mais leurs mains participent encore, par leurs fonctions, de la nature du pied : ce sont des mains qu'on pourrait appeler *pédestres*, et l'on comprend très-bien que Vicq-d'Azyr, qui n'avait qu'une très-vague connaissance des anthropoïdes, ait désigné les singes sous le nom de *pédimanes*. Les anthropoïdes, au contraire, ont des mains qui ne sont que des mains, des mains dont la face palmaire ne devient jamais plantaire. Ils sont donc bimanes comme l'homme et bipèdes comme lui. Ce fait n'aurait jamais été mis en doute si, au lieu d'aborder la question avec l'idée préconçue d'isoler l'homme dans l'ordre des bimanes, on s'était borné à établir une comparaison entre ses membres et ceux des anthropoïdes. Je place sous vos yeux, à côté d'un squelette humain, celui d'un jeune chimpanzé et celui d'un vieux gorille. Comparez leurs mains et voyez s'il s'y trouve quelque différence : la longueur relative du carpe, des métacarpiens et des phalanges peut varier; mais ce sont exactement les mêmes os, les mêmes connexions, les mêmes rapports. Le carpe, qui, chez les autres singes et chez l'orang lui-même, diffère du nôtre par le nombre des os, est rigoureusement constitué chez les chimpanzés et les gorilles comme chez l'homme. On n'y trouve aucun vestige de cet *os intermédiaire* qui, dans la main des orangs, des gibbons et de plusieurs autres singes, sépare le scaphoïde et le semi-lunaire du trapézoïde et du grand os. Notez qu'il ne s'agit pas ici d'un de ces petits osselets surnuméraires périphériques, développés dans les ligaments ou les tendons, véritables sésamoïdes qui, comme notre pisiforme, restent à peu près étrangers au mécanisme de l'articulation du poignet. Il ne faut pas s'exagérer l'importance de ces os carpiens sésamoïdes ; on en trouve un, deux et même trois chez certains singes, différences bonnes à signaler sans doute, mais d'un ordre tout à fait secondaire. L'os intermédiaire est tout autre et constitue un caractère ostéologique d'une haute valeur. Il ne se rattache ni à la première ni à la seconde rangée du carpe ; il se place au centre même du carpe, formant à lui seul comme une troisième rangée, de sorte qu'entre le radius et le métacarpe il y a trois lignes articulaires au lieu de deux. Si cette disposition existait chez l'homme, et chez l'homme seul, nous ne manquerions pas de faire ressortir l'avantage qui en résulterait pour la mobilité et la perfection de notre main. Comme elle ne se trouve que chez les singes, je veux bien accorder que l'os intermédiaire constitue un caractère d'infériorité ; mais alors je ne puis me dissimuler que le chimpanzé et le gorille, qui en sont privés comme nous et dont le carpe est absolument pareil au nôtre, sont sous ce rapport plus rapprochés de nous que des orangs et des gibbons.

Et puisque nous venons de comparer les mains, jetons aussi un coup d'œil sur les pieds. Je place l'un près de l'autre le membre inférieur d'un homme et celui d'un gorille. Le gros orteil du gorille est plus écarté, parce que son métatarsien, au lieu de s'articuler directement sur la face antérieure du premier cunéiforme, s'articule un peu obliquement sur le côté interne. Voilà toute la différence, et elle est bien minime au point de vue anatomique. Mais tout le reste est exactement pareil. Essayez au contraire de comparer le pied du gorille soit à sa propre main, soit à la main de l'homme, et vous ne trouverez plus que des différences. Le pied du gorille est à sa main ce que notre pied

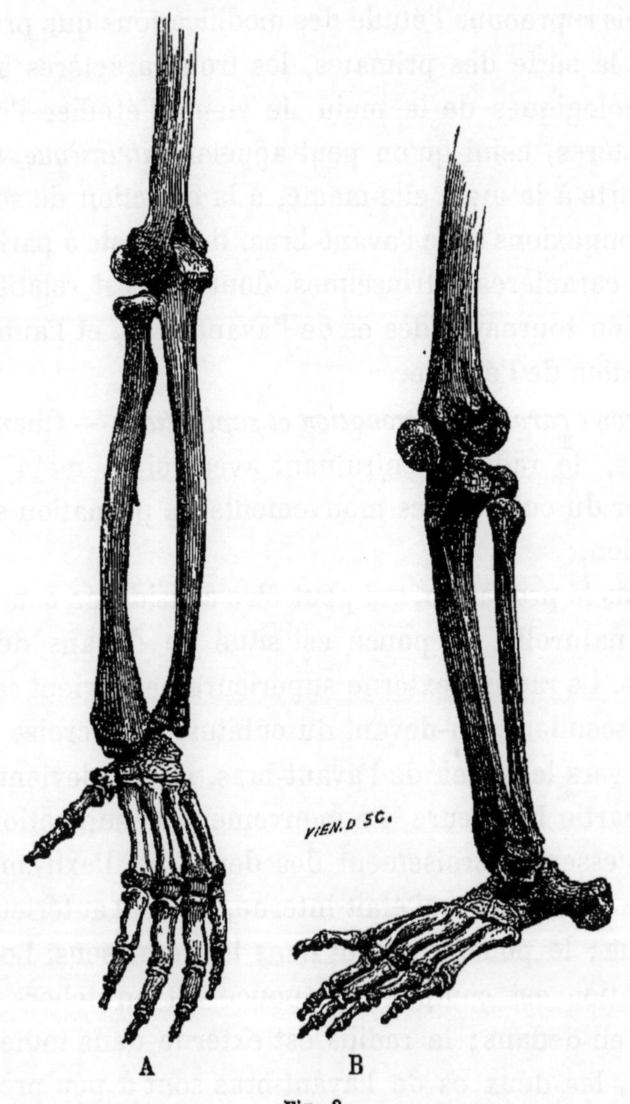

Fig. 8.
Squelette de la main et du pied du gorille. A, la main ; B, le pied.

est à notre main (voy. fig. 8), et, en vérité, il faut avoir l'œil et le cerveau obscurcis par une doctrine préconçue pour soutenir que ce pied n'est pas un pied. J'ose croire que si Blumenbach et Cuvier avaient connu le gorille, ils n'auraient pas institué l'ordre des quadrumanes ou qu'ils l'auraient appelé autrement, car il ne pouvait entrer dans leur pensée de classer le gorille dans l'ordre des bimanes, qu'ils avaient créé pour y placer l'homme tout seul.

Mais reprenons l'étude des modifications que présentent, dans la série des primates, les trois caractères anatomo-physiologiques de la main. Je viens d'étudier l'un de ces caractères, celui qu'on peut appeler *intrinsèque*, et qui se rapporte à la main elle-même, à la direction de son axe, à ses connexions avec l'avant-bras. Il me reste à parler de ses deux caractères extrinsèques, dont l'un est relatif à l'articulation tournante des os de l'avant-bras, et l'autre à l'articulation de l'épaule.

Second caractère. Pronation et supination. — Chez tous les singes, le radius, entraînant avec lui la main, exécute autour du cubitus des mouvements de pronation et de supination.

Dans la pronation, qui peut être considérée comme l'attitude naturelle, le pouce est situé en dedans des autres doigts. Le radius, externe supérieurement, vient se placer, en descendant, au-devant du cubitus, qu'il croise obliquement vers le milieu de l'avant-bras, et lui devient interne à sa partie inférieure. Le mouvement de supination tend à faire cesser le croisement des deux os ; l'extrémité inférieure du radius, qui était interne, devient antérieure, puis externe ; le pouce se meut dans le même sens. Lorsque la supination est complète, le pouce est en dehors, le petit doigt en dedans ; le radius est externe dans toute sa longueur, les deux os de l'avant-bras sont à peu près parallèles, et la main, entièrement retournée, a exécuté un mouvement de rotation de 180 degrés.

La pronation, avons-nous dit, est l'attitude naturelle de la main ; cela n'est vrai toutefois que pour les singes vraiment quadrupèdes. Chez eux, la main est toujours en pronation pendant la marche. Le mouvement de supination ne se produit que lorsque l'animal emploie ses membres antérieurs à d'autres usages, et que pour cela il tourne les paumes de ses mains vers les objets qu'il veut saisir et manier. L'étendue des mouvements de supination donne donc en quelque sorte la mesure de la facilité avec laquelle il peut se servir de ses mains. Ce mouvement, chez les singes inférieurs, chez ceux du moins où j'ai pu l'étudier, ne dépasse pas 90 degrés. C'est la limite que j'ai constatée chez un cébien (nouveau continent) et chez un cynocéphale sphinx (ancien continent). Chez la mone (*cercopithecus mona*), il va à 100 degrés environ. Chez le chimpanzé, il n'irait qu'à 140 degrés, si je m'en rapportais aux observations que j'ai faites dans mon laboratoire sur deux jeunes sujets conservés dans le tafia. Mais un séjour de plusieurs années dans ce liquide a resserré et raidi toutes les articulations; je suppose donc qu'à l'état frais le mouvement de supination ne devait pas être bien loin de 180 degrés, qu'il présente chez l'homme. Sur un gorille femelle que j'ai vu il y a huit ans dans le laboratoire de M. Auzoux et qui avait séjourné beaucoup moins longtemps dans le tafia, la supination m'a paru aller tout près de 180 degrés. Elle était de 180 degrés, comme chez l'homme, sur le chimpanzé disséqué par MM. Gratiolet et Alix. Il paraît enfin que la supination des gibbons va même un peu au delà de cette limite. En résumé, la supination, qui n'est que d'un angle droit environ chez les singes inférieurs, s'élève à deux angles droits chez les anthropoïdes. Sous ce rapport, par conséquent, il n'y a pas de différence notable entre l'homme et les anthropoïdes, tandis qu'il y en a une très-grande entre ceux-ci et les autres singes.

Troisième caractère. Mouvements de l'épaule ; direction de l'axe de la tête de l'humérus. — Les modifications du type de l'articulation de l'épaule, et plus spécialement de la tête de l'humérus, ne sont pas moins remarquables. Je ne puis exposer ici dans tous ses détails le grand fait sur lequel notre collègue M. Charles Martins a fait reposer tout le parallèle du membre thoracique et du membre abdominal, savoir : que le bras est une cuisse retournée. La ligne articulaire du coude est transversale comme celle du genou ; mais, tandis que la flexion du genou se fait en arrière, celle du coude se fait en avant ; la rotule et l'olécrane, qui sont des parties analogues, occupent deux situations opposées. Le coude est donc comparable à un genou dont la face antérieure serait devenue postérieure, par suite d'un mouvement de torsion d'un demi-cercle, ou de 180 degrés, autour de l'axe du bras. Ce fait s'observe chez tous les mammifères, à l'exception des chéiroptères, dont le bras ne présente, par rapport au fémur, qu'une torsion de 90 degrés, comme cela a lieu chez les oiseaux et les reptiles.

Mais où s'effectue, dans le membre thoracique, cette torsion de deux angles droits qui est commune à tous les mammifères, terrestres ou amphibies? Il y a deux types essentiellement différents, dont l'un s'observe chez les quadrupèdes et l'autre chez les bipèdes. Dans l'un et l'autre cas, une large gouttière obliquement étendue de la face antérieure du corps de l'humérus à sa face postérieure, et connue depuis longtemps sous le nom de *gouttière de torsion*, indique que le corps de cet os est réellement tordu ; tandis que celui du fémur ne présente rien de semblable. Mais, chez les quadrupèdes, cette torsion intrinsèque du corps de l'humérus n'est que d'un quart de cercle ou d'un angle droit ; le reste de la torsion, qui est d'un second angle droit, s'effectue au-dessus de l'humérus, par suite de la position de l'omoplate, dont la cavité glénoïde regarde en bas et *en avant*, au lieu de regarder en bas et *en dehors*, comme la cavité cotyloïde de l'os iliaque. Chez les bipèdes, au contraire, la cavité glénoïde de l'omoplate regarde *en dehors* comme la cavité cotyloïde ; l'articulation de l'épaule ne prend donc aucune part (ou presque aucune part) à l'inversion du membre, laquelle s'effectue tout entière dans le corps de l'humérus. Pour constater cette différence, il suffit d'étudier sur l'humérus et le fémur la situation respective de la tête et des condyles. La tête du fémur, dans toute la série, est toujours placée sur le côté *interne* de l'os, et par conséquent au-dessus du condyle interne du genou. Si maintenant nous prenons l'humérus d'un quadrupède, d'un cheval, par exemple, nous trouvons que la tête de l'humérus est placée sur le prolongement de la face *postérieure* de cet os, et par conséquent au-dessus de la cavité olécranienne, qui occupe la face postérieure du coude. L'humérus du quadrupède peut donc être considéré comme un fémur dont le corps aurait subi une torsion d'un quart de cercle. Mais si nous répétons la même observation sur l'humérus de l'homme, nous trouvons un résultat tout différent. La tête de cet os n'est plus située sur le prolongement de sa face postérieure, elle est sur le prolongement de son bord *interne*, au-dessus de l'épitrochlée ou du condyle interne du coude ; il semble donc, au premier abord, que cet os ait conservé le type du fémur, dont la tête est également placée en dedans, et surplombe le condyle interne du genou. Mais, en y regardant de plus près, on reconnaît que cette similitude avec le fémur n'est qu'une trompeuse apparence, que le côté *interne* du coude, au-dessus duquel est placée la tête humérale, est l'analogue du côté *externe* du genou ; que la face antérieure ou rotulienne du genou est l'analogue de la face postérieure ou olécranienne du coude ; que par conséquent l'humérus humain est semblable à un fémur, dont le corps aurait subi une torsion d'un demi-cercle. Et l'on conçoit effectivement que, si un premier quart de cercle de torsion amène, comme chez les quadrupèdes, la face antérieure ou rotulienne du coude au-dessous de la tête humérale, un second quart de cercle de torsion doit, chez les bipèdes, l'amener en arrière et compléter l'inversion du membre.

M. Charles Martins, à qui l'on doit la découverte de ce fait important, l'a ramené à des termes plus simples en déterminant la direction de l'axe de la *tête* de l'humérus, c'est-à-dire de l'articulation de l'épaule, par rapport à l'axe, toujours transversal et sensiblement horizontal, de l'articulation du coude. Chez l'homme, le premier de ces axes, quoique toujours oblique par rapport à l'horizon, est compris dans un plan transversal, qui descend le long de l'axe du corps de l'humérus et va passer inférieurement par l'axe transversal du coude; tandis que chez les quadrupèdes le plan qu'on fait passer par l'axe de la tête et par l'axe du corps de l'humérus est antéro-postérieur et coupe à angle droit l'axe transversal du coude.

Vous savez que l'année dernière M. Gegenbauer a pu, à l'aide de l'appareil dioptrique de Lucæ, soumettre à une détermination plus rigoureuse le caractère de la torsion de l'humérus. Plaçant l'humérus dans la direction verticale, il a pu projeter sur le plan horizontal l'axe de la tête humérale et l'axe transversal du coude. Il a reconnu ainsi que jamais chez l'homme les projections de ces deux axes ne coïncident parfaitement, qu'elles interceptent entre elles un angle très-obtus, un peu moindre que deux angles droits : l'ouverture de cet angle est en moyenne, chez l'homme d'Europe, de 168 degrés ; elle descend chez les nègres à 154 degrés en moyenne; enfin elle est moindre d'environ 30 degrés chez le fœtus que chez l'adulte (*Bulletins de la Société d'anthropologie*, 21 mai 1868, 2e série, t. III, p. 320-327). Il n'est donc pas tout à fait exact de dire que l'inversion des membres antérieurs des bipèdes soit due exclusivement à la torsion de l'humérus; elle est due pour une faible part à la direction de l'omoplate, dont la cavité glénoïde ne regarde pas tout à fait rigoureusement en dehors, mais regarde aussi un peu en avant. Il n'en reste pas moins certain, après cette légère rectification, que le degré de torsion de l'humérus constitue, entre les bipèdes et les quadrupèdes, une différence énorme, qui est en moyenne chez les adultes d'environ 75 degrés.

De cette différence anatomique découlent des différences fonctionnelles de la plus haute importance. La cavité glénoïde de l'omoplate n'est pas, comme la cavité cotyloïde qui reçoit le fémur, profonde et presque hémisphérique ; elle est au contraire fort peu excavée, presque plate. La tête de l'humérus appuie sur elle plutôt qu'elle n'y pénètre, et par conséquent l'articulation de l'épaule ne peut supporter le poids du corps qu'à une condition : c'est que la cavité glénoïde soit dirigée vers le sol. Si cette cavité était tournée en dehors, ce ne serait pas par la rencontre des surfaces osseuses, mais par la résistance insuffisante des ligaments que le poids de la partie antérieure du corps serait transmis à l'humérus, et celui-ci ne pourrait servir régulièrement à la marche. Chez les quadrupèdes, l'axe de la tête humérale étant oblique en haut et en arrière, la cavité glénoïde est dirigée en avant et *en bas*, et le poids du corps est transmis à l'humérus par des surfaces osseuses pressant directement l'une sur l'autre. Mais chez les bipèdes, l'axe de la tête humérale étant compris dans un plan *transversal*, ce n'est plus vers la face ventrale du corps que la cavité glénoïde est tournée, elle est verticale et elle regarde directement ou presque directement *en dehors* ; de sorte que, si l'on place l'animal dans l'attitude quadrupède, l'humérus devenu vertical et l'omoplate devenue horizontale ne se touchent que par des surfaces verticales, parallèles l'une à l'autre. Le poids du corps, au lieu de rapprocher ces surfaces, tend au contraire à les faire chevaucher et à produire une luxation en arrière. La résistance des ligaments met obstacle à cet accident, et le bipède peut, par conséquent, prendre au besoin l'attitude quadrupède ; mais c'est une attitude tout à fait anormale, qui ne peut être que passagère et qui manque entièrement de solidité. En revanche, lorsque le corps est redressé, l'humérus, détaché du tronc et n'appuyant sa tête tournée en dedans que sur une surface verticale tournée en dehors, peut rouler librement en tous sens et exécuter tous les mouvements de flexion en avant ou en arrière, d'abduction ou d'adduction, de rotation et de circumduction, mobilité admirable qui concourt puissamment à assurer la perfection des fonctions de la main. Voilà comment la direction de l'axe de la tête humérale, c'est-à-dire le degré de torsion de l'humérus, est, au point de vue ostéologique, le caractère décisif de la marche bipède ou de la marche quadrupède.

Au point de vue des actions musculaires, le degré de torsion de l'humérus est tout aussi effectif. Chez le bipède, où la torsion est de près de deux angles droits, la tête humérale est tournée en dedans et les tubérosités voisines (trochiter et trochin) sont tournées en dehors. Les muscles qui s'insèrent sur ces tubérosités et qui viennent des fosses de l'omoplate peuvent donc produire la rotation du bras ; ils sont en outre abducteurs ou adducteurs ; enfin le V deltoïdien, situé au-dessous de ces tubérosités, sur la face *externe* de l'humérus, donne insertion à un muscle très-puissant, le deltoïde, qui produit avec une grande énergie le mouvement d'abduction et d'élévation du bras. Mais chez les quadrupèdes, où la torsion de l'humérus n'est que d'un seul angle droit, la tête humérale, au lieu d'être dirigée en dedans, est dirigée en arrière. Les tubérosités sur lesquelles s'insèrent nos muscles rotateurs sont placées en avant ; ces muscles cessent donc presque entièrement de produire la rotation et l'abduction ; ils agissent presque exclusivement dans le sens antéro-postérieur, et, par la même raison, le deltoïde perdrait en grande partie son efficacité comme abducteur du bras, quand même l'absence de l'un de ses faisceaux, la séparation des autres et le déplacement plus ou moins considérable de ses insertions supérieures ou inférieures ne changeraient pas davantage encore les fonctions de ce muscle, approprié au mouvement en avant et en arrière du bras dans la marche quadrupède.

Ce sont là des différences multiples qu'il serait peu raisonnable de considérer comme la conséquence du degré de torsion de l'humérus. Mais il nous suffit de savoir qu'elles sont liées avec cette torsion par des rapports constants. Dès lors, l'étude si compliquée des conditions anatomiques et physiologiques de la marche bipède ou quadrupède peut se ramener à la détermination d'un seul caractère anatomique, savoir : la direction de l'axe de la tête de l'humérus par rapport à l'axe transversal de l'articulation du coude. Lorsque ces deux axes, projetés sur le même plan horizontal, se coupent à angle droit, l'animal est quadrupède ; lorsqu'ils se coupent sous un angle très-obtus, peu inférieur à deux angles droits, l'animal est bipède. Voyons maintenant ce que nous montre l'étude de ce caractère dans la série des singes.

Chez les lémuriens, chez plusieurs singes de l'ancien continent, tels que le ouistiti, l'angle qui mesure la torsion de l'humérus est un angle droit. Chez un sapajou, chez un atèle, cet angle, mesuré à l'aide de l'appareil de Lucæ, est compris entre 95 à 100 degrés. La petitesse des os de ces singes rend la détermination quelque peu incertaine ; il est évident néanmoins que chez eux la torsion de l'humérus ne diffère pas sensiblement de celle que l'on observe chez les quadrupèdes ordinaires. L'humérus du magot de mon laboratoire est tordu de 105 degrés ; c'est déjà un acheminement vers le type des bipèdes, quoique le magot soit au nombre des singes qui marchent habituellement sur leurs quatre membres. Je n'ai pu mesurer la torsion humérale des autres pithéciens, dont je ne possède pas encore les squelettes; mais il m'a paru que, chez les guenons et les macaques de la galerie du Muséum, l'angle de torsion n'était pas plus ouvert que celui du magot, et que chez les semnopithèques enfin il ne dépassait pas 110 degrés. Ainsi, des pithéciens les plus élevés aux singes les plus inférieurs et aux quadrupèdes proprement dits, la différence est peu considérable. Mais lorsqu'on passe au groupe des anthropoïdes, le type de l'humérus change tout à coup et rentre dans le type humain. Il y a plus de sept ans que notre collègue M. Charles Martins a communiqué à la Société d'anthropologie (*Bulletins* de 1861, t. II, p. 630) ce fait important qui, depuis lors, a été confirmé par tous les observateurs [1]. Vous pouvez vous assurer sur cet humérus de gorille, sur cet humérus de chimpanzé, que la tête humérale est tournée en dedans et surplombe l'épitrochlée, comme chez l'homme. Que l'angle de torsion soit *en moyenne*, dans chaque espèce d'anthropoïdes, un peu moins ouvert que chez l'homme, c'est ce qui me paraît assez probable; je crois volontiers qu'il doit être inférieur de quelques degrés, quoique sur le gorille que je vous présente il soit de 150 degrés, et plus ouvert par conséquent que chez certains hommes; comme il y a sous ce rapport, dans le genre humain, des différences assez étendues, il y en a sans doute aussi chez les divers genres d'anthropoïdes; mais ces différences sont légères eu égard à celles qui existent entre les anthropoïdes et les autres mammifères. Les anthropoïdes ont donc un humérus de bipède, tandis que les pithéciens,

[1] Dans cette même communication, M. Ch. Martins a fait connaître à la Société un autre caractère fort remarquable du groupe anthropoïde. Chez les gorilles, les orangs, les chimpanzés et les gibbons, l'olécrane est plus large qu'épais; il est aplati d'avant en arrière comme chez l'homme, tandis que chez tous les autres mammifères il est aplati transversalement.

les cébiens, les lémuriens ont un humérus de quadrupède.

Permettez-moi maintenant de récapituler en quelques mots les résultats que fournit l'étude des trois principales conditions du membre thoracique dans la série des primates.

1° *Direction de l'axe de la main.* Chez les singes ordinaires, la main, lorsqu'elle sert à la station ou à la marche, repose sur le sol par sa face palmaire, les doigts étendus ; elle fonctionne donc alors à la manière d'un pied, et la marche est celle des quadrupèdes. Chez les anthropoïdes, la main ne s'appuie jamais sur le sol par sa face palmaire, mais seulement par la face *dorsale* de ses doigts plus ou moins fléchis. Ces animaux s'appuient plus ou moins sur leurs mains, mais ne marchent pas sur leurs mains, tandis qu'ils marchent sur leurs pieds, et leur marche est beaucoup plus semblable à celle des bipèdes qu'à celle des quadrupèdes ;

2° *Pronation et supination.* Le mouvement de pronation et de supination ne dépasse pas 90 degrés chez les singes inférieurs ; il acquiert une amplitude un peu plus grande chez les pithéciens ; c'est seulement chez les anthropoïdes qu'il atteint l'étendue de 180 degrés, comme chez l'homme ;

3° *Direction de l'axe de la tête humérale.* La torsion intrinsèque de l'humérus chez les singes ordinaires n'est que d'un seul angle droit, comme chez les quadrupèdes ; chez les anthropoïdes, elle approche de deux angles droits, comme chez l'homme.

Par conséquent, par tous les caractères essentiels de leurs membres thoraciques, les anthropoïdes sont très-voisins de l'homme, beaucoup plus voisins de lui qu'ils ne le sont non-seulement des singes inférieurs, mais encore des pithéciens eux-mêmes ; et si l'on acceptait la distinction établie par Cuvier entre l'ordre des bimanes et celui des quadrumanes, si l'on admettait que les caractères tirés de l'étude des membres des primates fussent de valeur ordinale, ce n'est pas avec les singes ordinaires, ce serait avec l'homme que les anthropoïdes devraient être classés. Il y aurait donc un premier ordre comprenant l'homme et les anthropoïdes, un second ordre comprenant les pithéciens, les cébiens et les lémuriens : conséquence excessive devant laquelle Lesson et Bory de Saint-Vincent n'ont pas reculé, et qui constitue à mes yeux la réduction à l'absurde de la classification de Cuvier.

§ 4. *Appareil musculaire.*

Il existe une telle solidarité entre le système musculaire et le système osseux que je n'ai pu parler du squelette sans faire intervenir fréquemment des considérations empruntées à l'action des muscles. Je pourrai donc me dispenser de revenir sur les questions de dynamique générale qui se rapportent à la station et à la marche et je n'aurai à m'occuper que des questions particulières relatives à l'anatomie descriptive des muscles. Je ne le ferai que très-sommairement, et vous me permettrez de passer sous silence un très-grand nombre de détails pour ne signaler que les plus importants.

Le système musculaire des singes même les plus inférieurs est très-analogue à celui de l'homme ; il y a un grand nombre de muscles qui ne varient pas sensiblement dans la série des primates, et la plupart des autres varient assez peu pour qu'on puisse aisément les reconnaître dans toutes les espèces. Il en est quelques-uns cependant qui ne se retrouvent pas chez l'homme ; mais si, au lieu de considérer toute la série des primates, on ne considère que les anthropoïdes, on voit disparaître la plupart de ces différences et l'on arrive à se convaincre de plus en plus que les anthropoïdes sont beaucoup plus voisins de l'homme que les singes inférieurs.

Ici je ne pourrai plus, comme je l'ai fait pour le squelette, me baser exclusivement sur mes propres observations. J'ai disséqué deux chimpanzés noirs (*troglodytes niger*) et un papion (*cynocephalus sphinx*). C'est à cela que se borne mon expérience personnelle. Elle pourrait à la rigueur me suffire pour la thèse que je soutiens, car il est tout à fait évident que les muscles du chimpanzé sont beaucoup moins différents de ceux de l'homme que de ceux du cynocéphale, — quoique le cynocéphale, qui est un pithécien, soit encore bien éloigné de l'extrémité inférieure de la série des primates. Mais je me suis fait un devoir d'étudier les descriptions qui ont été publiées par d'autres auteurs sur la myologie des autres singes. Parmi les travaux que j'ai consultés avec le plus de profit je citerai ceux de Daubenton et de Vicq-d'Azyr sur les singes non-anthropoïdes, de Camper sur l'orang, de Richard Owen, et de Duvernoy sur le gorille, enfin de MM. Gratiolet et Alix sur le *troglodytes aubryi*[1]. L'étude comparative de ces divers ouvrages ne laisse aucun doute sur ce double fait : différences nulles ou légères entre les muscles de l'homme et ceux des anthropoïdes ; différences plus grandes entre les muscles des anthropoïdes et ceux des singes proprement dits.

J'ai dit que je ne voulais parler que de quelques groupes de muscles : je commencerai par ceux qui meuvent la tête.

Chez l'homme, la tête est presque en équilibre sur la colonne vertébrale, il ne faut qu'un faible effort musculaire

1 J'ai pu également, grâce à la complaisance de M. le docteur Auzoux, étudier les muscles du gorille sur le magnifique mannequin clastique qu'il a fait construire, en grandeur naturelle, suivant son ingénieux et utile procédé. Je saisis cette occasion pour le remercier d'avoir bien voulu mettre à ma disposition sa belle série de têtes de singes.

pour l'empêcher de retomber en avant, et les muscles de la nuque n'ont qu'une puissance modérée.

Chez les quadrupèdes, ces muscles, insérés d'une manière beaucoup plus désavantageuse et appelés en outre à produire des effets plus puissants, ont un développement beaucoup plus grand et sont renforcés par des faisceaux que l'homme ne possède pas. Les singes non-anthropoïdes sont, sous ce rapport, semblables aux quadrupèdes. Ainsi, chez le cynocéphale, la partie cervicale du *trapèze* est très-développée. Au-dessous de ce muscle, le *rhomboïde* au lieu de s'arrêter, comme chez l'homme, à l'apophyse épineuse de la sixième vertèbre cervicale, remonte tout le long du cou et va prendre insertion jusque sur la ligne courbe demi-circulaire de l'occipital, par un large faisceau qui constitue le *rhomboïde du cou*. Sous cette seconde couche, le *splénius* présente un développement considérable. Les faisceaux les plus externes qui, chez l'homme, s'insèrent sur les apophyses transverses des vertèbres cervicales supérieures et qu'on appelle le *splénius du cou*, font entièrement défaut ; mais le splénius de la tête, beaucoup plus fort que chez l'homme, occupe toute la largeur de la nuque ; son insertion occipitale, au lieu de se borner à la moitié externe de la ligne courbe supérieure, en occupe aussi la moitié interne jusqu'à la ligne médiane, de sorte que ce muscle recouvre entièrement le *grand complexus*. Il en résulte que la partie supérieure et interne du grand complexus qui, chez l'homme, est immédiatement recouverte par le trapèze, en est séparée ici par deux couches musculaires, c'est-à-dire par le rhomboïde du cou et par le splénius. Aucune de ces dispositions n'existe chez le gorille et le chimpanzé, qui rentrent tout à fait dans le type humain. Leurs muscles cervicaux postérieurs sont relativement plus volumineux que ceux de l'homme, mais ils ont les mêmes insertions et les mêmes rapports. La seule différence que j'aie trouvée entre le chimpanzé et l'homme est relative à l'étendue du splénius de la tête, dont l'insertion occipitale occupe environ les deux tiers de la ligne courbe supérieure. Le grand complexus est donc un peu plus recouvert par le splénius; mais il reste toujours, à la partie supérieure de la nuque, entre le splénius droit et le gauche, un intervalle triangulaire au niveau duquel le trapèze est en contact immédiat avec le grand complexus. Le chimpanzé possède d'ailleurs comme nous le muscle splénius du cou.

J'ajouterai que, chez les cynocéphales, le muscle *peaucier* n'est pas limité, comme chez l'homme, à la partie antéro-latérale du cou ; ce muscle, très-épais et très-large, embrasse toute la nuque, toute la partie supérieure du cou et se prolonge jusque sur le dos et sur la partie latérale du thorax, tandis que le peaucier du chimpanzé n'est pas plus étendu que celui de l'homme, quoiqu'il soit un peu moins mince.

On trouve chez beaucoup de quadrupèdes, sur la partie latérale du cou, un muscle assez puissant qui s'étend de l'acromion à l'apophyse mastoïde et aux apophyses transverses des vertèbres cervicales supérieures. Ce muscle, nommé *acromio-basilaire* par Vicq-d'Azyr, ou *acromio-trachélien* par Cuvier, fait entièrement défaut chez le chimpanzé, comme chez l'homme; mais il existe, et est même très-volumineux chez les cynocéphales, où il se rend directement de l'acromion à l'apophyse transverse de l'atlas. Il se retrouve également chez un grand nombre de singes non-anthropoïdes.

Les deux muscles *scalènes* du chimpanzé et du gorille sont tout à fait pareils à ceux de l'homme. Le *scalène postérieur*, en particulier, ne s'insère que sur les deux premières côtes. Mais chez les cynocéphales ce dernier muscle est beaucoup plus long et plus fort ; il s'insère par autant de digitations sur les cinq premières côtes, comme chez les carnassiers.

Chez les anthropoïdes, comme chez l'homme, le *grand dentelé* et l'*angulaire de l'omoplate* constituent deux muscles entièrement distincts : l'un se rend de l'angle de l'omoplate aux apophyses transverses des trois ou quatre premières vertèbres cervicales ; l'autre s'étend du bord spinal de l'omoplate à la face externe des dix premières côtes, et, entre le bord supérieur du premier et le bord supérieur du second, existe un large intervalle triangulaire. Chez le cynocéphale cet intervalle n'existe pas ; il est comblé par un *muscle supplémentaire* qui s'insère sur les apophyses transverses des trois dernières vertèbres cervicales, et qui, par ses deux bords, se confond si bien avec les deux muscles en question, que tout cet appareil musculaire ne forme qu'un seul plan, qu'un seul muscle, dont les insertions scapulaires s'étendent sans interruption de l'angle à la pointe de l'omoplate, et dont les insertions vertébro-costales se font, par dix-sept digitations disposées en série, sur les apophyses transverses de toutes les vertèbres cervicales et sur les dix premières côtes, lesquelles continuent, comme on sait, dans la région dorsale, la série des apophyses transverses de la région cervicale.

En un mot, tout le système des muscles qui relient la tête, la colonne vertébrale, l'omoplate et le thorax, est exactement le même chez l'homme et les anthropoïdes [1], tandis qu'il présente chez les cynocéphales et chez la plupart des autres singes non-anthropoïdes des dispositions entièrement différentes, en rapport avec leur attitude horizontale et avec leur marche quadrupède.

Les muscles de la partie antérieure du tronc des anthropoïdes (chimpanzé et gorille), sont semblables à ceux de l'homme. Je signale en particulier le muscle *grand droit de l'abdomen*, qui s'arrête, comme chez nous, au cartilage

[1] Chez l'orang, toutefois, le rhomboïde prolonge en haut ses insertions jusqu'à l'occipital.

de la cinquième côte, et qui présente cinq intersections aponévrotiques, trois sus-ombilicales et deux sous-ombilicales. Tout autre est le grand droit du cynocéphale. Ce muscle présente sept intersections dont quatre sont sus-ombilicales, deux sous-ombilicales, la septième étant située au niveau même de l'ombilic. Ces intersections, dont on a beaucoup discuté l'usage et la raison d'être, doivent être considérées, au point de vue de la philosophie anatomique, comme la répétition et la continuation des coupures transversales du tronc, représentées en arrière par la série des vertèbres et en avant par les pièces du sternum ; et de même que nous avons vu diminuer chez les primates supérieurs le nombre des pièces osseuses du sternum, par suite de la fusion de certaines sternèbres, de même nous voyons le nombre des intersections aponévrotiques du grand droit de l'abdomen se réduire à cinq chez l'homme et les anthropoïdes, tandis qu'il s'élève à sept chez les cynocéphales. En outre, le muscle grand droit de ces derniers singes, au lieu de remonter seulement jusqu'à la cinquième côte, s'élève beaucoup plus haut. Sa partie supérieure passe au-dessous du grand et du petit pectoral et se termine en une longue et forte aponévrose, tendineuse, nacrée et triangulaire, qui s'insère sur toute la longueur du bord du sternum jusqu'au niveau de l'articulation de la première côte. Là, cette aponévrose, que j'appelle l'*aponévrose latérale du sternum*, se fixe sur le premier cartilage costal et reçoit l'insertion des fibres les plus internes du muscle sous-clavier. En outre, un gros muscle triangulaire, qui mérite le nom de *surcostal antérieur*, et qui naît du bord inférieur de la première côte, en dedans des scalènes, va s'insérer d'autre part sur le bord externe de l'aponévrose latérale du sternum. Tout cela diffère essentiellement de ce que l'on observe chez l'homme et les anthropoïdes, où le grand droit de l'abdomen s'arrête à la cinquième côte et où il n'y a aucun vestige ni de l'aponévrose latérale du sternum, ni du muscle surcostal antérieur.

Le muscle *grand pectoral* ne présente, chez les primates, qne des variations peu importantes. En général, il se compose de trois parties : l'une claviculaire, l'autre sternale, et la troisième chondro-costale. C'est du moins ce que disent les auteurs. J'ai lieu de croire toutefois que chez beaucoup de singes la partie chondro-costale n'existe pas. Il n'y en a en effet aucun vestige chez le cynocéphale, où ce muscle est séparé des cartilages costaux non-seulement par le petit pectoral, mais encore par le grand droit et l'aponévrose latérale du sternum. Chez les anthropoïdes, au contraire, la portion chondro-costale existe comme chez l'homme, à cela près que le nombre des cartilages sur lesquels elle s'insère n'est pas toujours exactement le même. Chez l'orang, en effet, elle descend jusqu'au cartilage de la dixième côte, jusqu'à celui de la huitième chez mon chimpanzé, et de la sixième seulement chez le gorille et chez l'homme. Ces différences sont insignifiantes, mais on n'en peut pas dire autant de l'absence de *toutes* les insertions chondro-costales, que j'ai constatée chez le cynocéphale. Quant au degré de fusion des trois parties du grand pectoral, il n'a aucune signification anatomique. Chez l'homme et le chimpanzé, on ne trouve qu'une ligne celluleuse à peine visible entre la portion claviculaire et la portion sternale. Chez le gorille et l'orang, ces deux faisceaux sont séparés dans le jeune âge par un interstice à peine plus large, mais qui s'élargit dans l'âge adulte pour donner passage à un prolongement du sac aérien. Il y a alors deux muscles bien distincts. La ligne de démarcation s'efface de nouveau chez le cynocéphale sphinx, comme j'ai pu m'en assurer, pour reparaître très-accentuée, au dire de Vrolik, chez le cynocéphale mandrill. Cela suffit pour démontrer le peu d'importance de ce caractère.

Le *petit pectoral*, au contraire, présente des variations assez graves. Je n'ai pas besoin de rappeler que chez l'homme il naît des troisième, quatrième et cinquième côtes, et va se terminer par un tendon aplati sur le bord antérieur de l'apophyse coracoïde, tout près de son sommet. Cette description s'applique encore au petit pectoral de l'orang et du gibbon (d'après Vrolik) ; mais déjà chez le *troglodytes aubryi* le tendon de ce muscle cesse de s'insérer sur le sommet de l'apophyse coracoïde ; il ne fait que s'y appuyer, puis se divise en deux languettes dont l'une va se fixer sur la base de cette apophyse, tandis que l'autre, contournant la partie supérieure de l'articulation de l'épaule, va s'insérer sur la grosse tubérosité de l'humérus. Chez le *troglodytes niger* (chimpanzé noir), je n'ai pas retrouvé l'insertion coracoïdienne ; le tendon du petit pectoral ne se bifurque pas et va se fixer tout entier sur la grosse tubérosité de l'humérus. L'insertion externe de ce muscle chez le gorille est encore douteuse ; elle se ferait, suivant Duvernoy, sur l'apophyse coracoïde, et suivant M. Auzoux, sur le bord supérieur de la cavité glénoïde, comme on le voit chez le lion ; puis chez tous les singes non-anthropoïdes, ou du moins chez la plupart d'entre eux, le petit pectoral ne s'insère plus que sur l'humérus. Voilà donc, dans la constitution de ce muscle, un premier caractère qui varie moins de l'homme à l'orang, au gibbon, et probablement au gorille, que de ceux-ci aux chimpanzés et aux singes inférieurs.

L'étude des insertions costales nous conduit aux mêmes conclusions. Chez les deux espèces de chimpanzé et chez l'orang, elles se font de la deuxième à la cinquième côte et ne constituent, comme chez l'homme, qu'un seul corps de muscle. Mais chez le gorille, au-dessous de ce premier corps charnu il y en a un second, qui naît de la sixième et de la septième côte, et qui est séparé du premier par un long interstice où passe l'une des divisions du prolongement axillaire du sac aérien. Cette disposition établit la transition entre le type de l'homme et celui des singes quadrupèdes qui possèdent un *troisième pectoral*. Chez le cynocéphale sphinx, ce troisième pectoral naît, vers le niveau des cinquième, sixième et septième côtes, de l'aponévrose antérieure du grand droit, avec lequel il entre-croise ses fibres, et va se terminer sur l'extrémité supérieure de l'humérus. Le petit pectoral proprement dit, entièrement distinct du précédent, naît du bord externe du sternum immédiatement au-dessous du grand pectoral, qui le recouvre. Ainsi, aucun des muscles pectoraux du cynocéphale, ni le grand, ni le petit, ni le troisième, ne prend ses insertions sur les côtes. C'est un type absolument différent de celui que l'on observe sur les anthropoïdes et sur l'homme.

Il serait fastidieux de passer maintenant en revue tous les muscles des membres. Au bras, on doit signaler l'existence d'un faisceau musculaire appelé *l'accessoire du long dorsal*, inséré supérieurement sur le tendon de ce muscle, et fixé inférieurement sur l'épitrochlée. Ce muscle, commun à tous les anthropoïdes et à tous les singes, manque entièrement chez l'homme. Voilà enfin un caractère anatomique par lequel les anthropoïdes se confondent avec les autres singes en s'éloignant manifestement de l'homme ; mais d'ailleurs la plupart des muscles des membres se ressemblent beaucoup dans toute la série des primates[1]. Ce qui diffère suivant les groupes, c'est quelquefois l'étendue de l'insertion de tel ou tel muscle, sa forme, son volume relatif ou le degré d'indépendance de ses faisceaux. Mais ces différences, qui ont parfois une certaine importance physiologique, constituent rarement de véritables caractères anatomiques.

Ainsi on a dit que les anthropoïdes avaient de plus que

[1] Je ne parle pas des lémuriens, dont je ne connais pas suffisamment la myologie.

l'homme un muscle *long abducteur du gros orteil* ; mais ce prétendu muscle supplémentaire n'est qu'un faisceau du *jambier antérieur ;* chez l'homme, le tendon du jambier antérieur se divise, comme on sait, en deux parties, dont l'une s'insère sur le premier cunéiforme, et l'autre sur le premier métatarsien ; la division n'occupe que la partie inférieure du tendon ; chez les singes, la division remonte jusque sur le corps charnu du muscle, et le faisceau métatarsien acquiert ainsi une indépendance qui lui permet de mouvoir isolément cet os, avec l'orteil correspondant ; différence importante au point de vue physiologique, mais tout à fait secondaire au point de vue anatomique.

De même, on a dit que les anthropoïdes avaient un *court extenseur du gros orteil*, dont il n'est pas question dans l'anatomie humaine, et qu'en outre leur muscle *pédieux* n'avait que trois tendons au lieu de quatre. Mais cette double différence équivaut simplement à l'identité. Le premier faisceau du pédieux, déjà bien distinct des trois autres chez l'homme, l'est davantage encore chez le singe, et on s'est plu à lui donner un nom particulier ; il en est résulté qu'on n'a plus laissé au pédieux que ses trois tendons externes, qui d'ailleurs vont se rendre, comme chez l'homme, aux deuxième, troisième et quatrième orteils. C'est une différence purement nominale, qui n'empêche pas le pédieux des singes d'être l'image fidèle de celui de l'homme, dont il reproduit exactement la répartition bizarre. C'est, en effet, une chose digne de remarque que ce muscle, seul entre tous ceux du membre supérieur et du membre inférieur, soit commun aux quatre premiers appendices digitaux et reste entièrement étranger au cinquième. Il y a là une irrégularité qui contraste avec tout l'ensemble de la constitution anatomique des mains et des pieds. Or cette irrégularité, cette bizarrerie de la structure de l'homme, nous la retrouvons intégralement chez les singes, tant est grande l'analogie de structure qui existe entre nous et nos voisins zoologiques !

Cette analogie toutefois n'exclut pas les différences, que nous devons maintenant signaler, et qui sont relatives aux muscles moteurs des doigts et des orteils.

Parmi les muscles courts de la main, les *interosseux*, les *lombricaux*, sont les mêmes chez l'homme et les singes ; les *muscles de l'éminence thénar* et de l'*éminence hypothénar* du gorille et du chimpanzé sont bien distincts comme chez l'homme ; mais chez l'orang, ils tendent déjà à se fusionner un peu, et cette fusion se manifeste de plus en plus chez les singes proprement dits ; quelquefois même la démarcation des muscles se trouve presque entièrement effacée.

Ce sont les muscles longs des doigts qui présentent seuls des différences notables.

Le *fléchisseur propre du pouce*, muscle si puissant chez l'homme, paraît au premier abord faire entièrement défaut chez les anthropoïdes ; mais, en réalité, il n'est qu'atrophié et que fusionné avec le faisceau du fléchisseur profond des doigts qui se rend à l'index. Chez le gorille, un tendon grêle se détache du bord externe du tendon volumineux que le commun fléchisseur profond envoie à ce dernier doigt, et va se rendre au pouce, où il remplace pour l'anatomiste, mais non pour le physiologiste, le fléchisseur propre de ce doigt. Chez le chimpanzé, ce tendon est plus grêle encore. Chez l'orang et les gibbons, il fait tout à fait défaut ; ce n'est plus le fléchisseur commun, mais un des muscles thénar, l'*adducteur du pouce*, qui fournit ce petit tendon fléchisseur. Au point de vue de la fonction, cette disposition est plus efficace que celle qui existe chez le gorille et le chimpanzé ; mais au point de vue de la constitution anatomique, le fléchisseur du pouce de ces deux derniers singes diffère moins de celui de l'homme que celui de l'orang et des gibbons.

Du côté des extenseurs, aucune différence entre la main

de l'homme, celle du gorille et celle des chimpanzés. On a dit que le chimpanzé noir n'avait pas d'*extenseur propre de l'index*, et on en a conclu que cet animal était privé de l'un des caractères les plus nobles de la main de l'homme, celui qui fait de l'indicateur un doigt indépendant, et qui lui a valu son nom. Il faut croire que si l'extenseur propre de l'index manquait sur le chimpanzé disséqué par Vrolik [1], c'était un fait anormal et purement individuel, car ce muscle existe et est parfaitement développé, à droite comme à gauche, sur les deux chimpanzés que je conserve dans mon laboratoire. Mais chez l'orang, les pithéciens, probablement chez tous les primates, comme d'ailleurs chez les carnassiers, nous trouvons une disposition qui diffère entièrement du type observé chez l'homme, le gorille et les chimpanzés. Au lieu d'un *extenseur propre de l'index* et d'un *extenseur propre du cinquième doigt*, l'orang et les singes ordinaires ont un seul muscle à quatre tendons, qui étend les quatre derniers doigts, en sus de l'extenseur commun que nous possédons comme eux. Il en résulte pour eux l'avantage d'avoir, à chacun de ces doigts, deux tendons extenseurs, tandis que chez nous le troisième et le quatrième doigt n'ont qu'un seul tendon extenseur ; mais cet avantage n'est qu'apparent; l'index et l'auriculaire y perdent la facilité de se détacher des autres doigts, parce qu'ils sont associés au troisième et au quatrième par la communauté de leurs muscles. La main est privée des mouvements partiels et délicats qui en font à la fois un merveilleux outil et un organe d'expression. C'est là, de l'homme aux singes ordinaires, une différence considérable ; mais le chimpanzé et le gorille se séparent ici des autres primates pour se rattacher exactement au type humain.

[1] Je dois même dire que Vrolik a vu seulement le corps de l'extenseur propre fusionné avec celui de l'extenseur commun, car ce dernier muscle fournissait deux tendons extenseurs à l'index.

On pourrait s'attendre à trouver entre le pied de l'homme et celui des singes de grandes différences anatomiques, si l'on prenait au pied de la lettre les épithètes un peu risquées de *bimanes* et de *quadrumanes*. Ne semble-t-il pas en effet que cette fonction de l'opposition du gros orteil, qui donne tant de facilité aux singes pour saisir les objets avec leur pied, doive exiger une constitution anatomique analogue à celle de notre main ? Et cependant le pied des singes ne ressemble ni à notre main, ni à leur propre main, et ne diffère de notre pied que par des particularités tout à fait secondaires. Les mouvements spéciaux de leur prétendu pouce ne sont pas produits par des muscles spéciaux, mais par des muscles à peine différents de ceux que nous possédons nous-mêmes. Déjà M. Giraldès, qui pourtant apprécie les choses tout autrement que moi, a bien voulu nous dire que le mouvement d'opposition du gros orteil des singes est produit principalement par *le muscle long péronier latéral*; or ce muscle, chez eux, s'insère exactement comme chez nous, sur l'extrémité postérieure du premier métatarsien. L'articulation cunéo-métatarsienne des singes étant un peu latérale, et étant en outre beaucoup plus mobile que la nôtre, le muscle long péronier latéral, au lieu de transmettre son action à tout l'avant-pied, ne met en mouvement que le gros orteil. Le résultat physiologique est considérable, mais au point de vue anatomique la différence est nulle.

J'ai déjà dit que le faisceau musculaire décrit chez les singes sous le nom de *long abducteur du gros orteil* n'est qu'une division de notre jambier antérieur. *L'abducteur transverse du gros orteil*, volumineux chez les singes, n'est que rudimentaire chez l'homme ; mais ce n'est qu'une différence anatomique de peu d'importance.

Du côté des *extenseurs des orteils*, similitude complète. Du côté des *fléchisseurs des orteils*, on constate quelques différences. Par exemple, le long fléchisseur du gros orteil du gorille et du chimpanzé envoie des tendons au troisième et au quatrième orteil ; le court fléchisseur commun n'en fournit qu'au deuxième et au troisième orteil, les tendons correspondants de ces deux orteils étant fournis par les muscles longs, etc. Somme toute, chacun des quatre derniers orteils reçoit, comme chez l'homme, deux tendons fléchisseurs ; seulement les origines supérieures de ces tendons et les connexions réciproques de leurs corps charnus offrent moins de régularité que sur le pied de l'homme ; et il en résulte que les mouvements ont moins d'indépendance et moins de précision, quoiqu'ils aient beaucoup plus de force et d'étendue. Ces différences de l'homme au chimpanzé et au gorille sont donc légères.

Mais chez l'orang le long fléchisseur du gros orteil fait défaut ; voilà une différence beaucoup plus grave. Et si nous descendons aux pithéciens, nous trouvons que chez bon nombre d'entre eux le gros orteil, au lieu de recevoir un seul tendon fléchisseur, en reçoit deux, l'un perforant, l'autre perforé, comme les quatre derniers orteils.

En résumé, l'étude des muscles confirme pleinement le résultat fourni par l'étude du squelette. Elle prouve que l'homme diffère beaucoup moins des anthropoïdes (surtout du gorille et du chimpanzé) que ceux-ci ne diffèrent des pithéciens et des autres singes.

§ 5. *Appareil cutané et organes des sens.*

Les caractères dont je vais maintenant m'occuper sont tellement nombreux, que, pour beaucoup d'entre eux, je serai obligé de me borner à une indication très-sommaire. Quelques-uns, comme on va le voir, ont une grande importance ; mais la plupart sont moins significatifs que ceux qui concernent les os et les muscles.

La répartition du *système pileux* est la même chez tous les primates, c'est-à-dire que toute la surface cutanée, à l'exception de la paume des mains et de la plante des pieds, donne implantation à des poils, même chez les individus les plus glabres; mais le degré de développement de ces poils est bien moindre chez l'homme que chez les singes. Sous ce rapport il y a beaucoup moins de différences entre les diverses espèces de singes qu'entre les singes et les hommes les plus velus ; mais le peu d'importance de ce caractère ressort de l'étude qu'on en peut faire dans la série des races humaines. On sait en effet qu'à l'exception des Aïnos, les races dont le système pileux est très-développé appartiennent aux termes les plus élevés de la séie, tandis que les hommes des races inférieures ont le tronc et les membres presque entièrement glabres. Ce caractère a donc peu de signification, puisqu'il tendrait à rapprocher les singes des races humaines supérieures plus que des inférieures. Je n'ignore pas que Blumenbach en a fait le premier des caractères secondaires de l'ordre des bimanes, — *homo nudus et inermis*, — et je reconnais qu'au point de vue de la morphologie extérieure, il est un de ceux qui permettent de déterminer le plus aisément le genre *homme* ; mais au point de vue anatomique il se réduit à si peu de chose, qu'il est impossible de lui attribuer une valeur ordinale.

La plupart des singes viennent au monde tout velus ; toutefois les makis sont presque nus au moment de la naissance ; les ouistitis nouveau-nés le sont tout à fait ; leur poil ne pousse qu'au bout de trois à quatre semaines (R. Owen).

J'ai dit qu'à l'exception des régions palmaires et plantaires, la peau des singes était entièrement couverte de poils. Cette règle souffre toutefois une exception chez les pithéciens, qui ont la peau des fesses nue et calleuse. Ces *callosités fessières* constituent un caractère assez important, parce qu'elles sont en rapport avec l'attitude de l'animal. Elles font défaut chez les anthropoïdes comme chez l'homme; elles existent chez tous les pithéciens et disparaissent de nouveau chez les cébiens et les lémuriens. Les cébiens à queue prenante ont une callosité plus ou moins étendue, qui occupe la concavité de leur queue. Ainsi, aucune différence entre l'homme et les anthropoïdes; différences notables des anthropoïdes aux pithéciens et de ceux-ci aux cébiens : tel est le résultat de l'étude des callosités.

Sous le rapport des *ongles*, identité parfaite de l'homme et des anthropoïdes, à l'exception de l'orang. Ce dernier, par une singularité vraiment curieuse, n'a pas d'ongle au gros orteil; mais ses quatre autres orteils et ses cinq doigts ont des ongles tout à fait pareils à ceux des autres anthropoïdes et de l'homme, c'est-à-dire larges et plats, assez minces, et n'ayant aucune tendance à se replier et à se recourber en forme de griffes. De la sorte, l'extrémité des doigts et des orteils peut s'appliquer sans obstacle à la surface des corps. Cette disposition des ongles se retrouve encore chez les pithéciens supérieurs, tels que les semnopithèques. Mais déjà les cynocéphales ont les quatre derniers orteils munis d'ongles étroits, allongés, repliés transversalement, recourbés dans le sens de la longueur et semblables à des griffes (voy. plus haut, p. 68, fig. 7). Chez les ouistitis et chez plusieurs autres genres de cébiens, groupés par Etienne Geoffroy Saint-Hilaire sous le nom d'*arctopithèques*, tous les ongles des mains et des pieds sont munis de véritables griffes, à l'exception du gros orteil, qui a l'ongle plat, comme chez l'homme. Les lémuriens, au contraire, et c'est là un des caractères les plus singuliers de cette famille, ont une griffe au gros orteil; mais tous leurs autres appendices digitaux, à la main comme au pied, ont des ongles plats. Il y a donc sous ce rapport, parmi les singes, des différences très-considérables, tandis qu'il n'y en a aucune entre l'homme et la plupart des anthropoïdes.

L'organe du toucher a été étudié avec tant de soin par M. Alix, que j'aurai peu de choses à en dire. Vous connaissez les belles planches sur lesquelles notre savant collègue a représenté avec une précision si minutieuse la disposition des lignes papillaires de la main et du pied. De l'étude de ce travail, il résulte que les lignes papillaires des anthropoïdes diffèrent un peu de celles de l'homme, mais qu'elles diffèrent beaucoup plus de celles des autres singes.

M. Alix a insisté sur un autre caractère qui mérite d'être discuté : je veux parler de la disposition des plis de flexion de la paume de la main. Chez l'homme, on observe deux plis distincts, à peu près transversaux ; l'un interne, situé au-dessus des trois derniers doigts, partant du bord cubital de la paume et allant se terminer obliquement vers le second espace interdigital, entre l'index et le médius ; l'autre externe, partant du bord externe de la paume, au niveau de l'extrémité inférieure du second métacarpien, et allant se terminer, au-dessus du précédent, vers le centre de la région palmaire. Le premier de ces plis est produit par la flexion des trois derniers doigts ; le second est produit par le mouvement d'opposition du pouce ; lorsque la main se ferme, un petit pli transversal long d'environ 1 centimètre et demi se produit entre ces deux plis principaux, et l'on voit alors une ligne de flexion qui s'étend du bord externe au bord interne de la paume, mais cette ligne n'est pas continue ; elle est formée par la réunion du pli externe, du pli interne et du petit pli intermédiaire, et il suffit pour s'en assurer d'ouvrir la main à demi.

M. Alix pense que cette disposition est exclusivement propre à l'homme, qu'elle constitue un caractère humain, et que, chez tous les singes, sans exception, la ligne de flexion, unique et transversale, s'étend sans interruption du bord interne au bord externe de la main. Il attache à ce caractère une certaine importance, parce que la fusion des deux plis transverses en un seul lui paraît en rapport avec l'imperfection du mouvement d'opposition du pouce. Je dois faire à cet égard quelques réserves. Je connais une dame fort distinguée chez laquelle le pli de flexion de la main est unique et continu, quoique l'opposition du pouce soit parfaite; M. Hamy a constaté la même disposition sur un étudiant en médecine. Ce caractère n'a donc pas toute l'importance que lui attribue M. Alix ; je reconnais pourtant qu'il a une valeur réelle. Voici par exemple des plâtres moulés sur des mains de cercopithèque, de cynocéphale, de sajou; vous pouvez voir que la disposition du pli palmaire correspond exactement à la description de M. Alix, et il me paraît fort probable que tous les pithéciens et tous les cébiens sont dans le même cas. Quant au chimpanzé, je ne nie pas l'exactitude des observations qu'a pu faire M. Alix ; il a bien vu ce qu'il a décrit; mais j'ai lieu de croire du moins que cet animal a quelquefois le double pli palmaire de l'homme. Si je n'ose pas l'affirmer, c'est parce que les mains de chimpanzé dont je vous présente le moule ont séjourné plusieurs années dans le tafia et ont subi un racornissement qui a pu déformer les plis : il est digne de remarque toutefois que la forme de ces plis est la même sur la main droite et sur la main gauche; elle est d'ailleurs assez semblable au type que l'on observe chez l'homme pour qu'il soit difficile de l'attribuer à une cause toute fortuite. Je pense donc, jusqu'à plus ample informé, que le caractère considéré comme humain par M. Alix existe quelquefois chez le chimpanzé comme il manque quelquefois chez l'homme, qu'il n'a par conséquent que peu de valeur[1].

[1] Pendant que ce travail était à l'impression deux chimpanzés vivants ont pu être étudiés au jardin d'acclimatation. L'un, connu sous le nom de *Toto*, avait le double pli palmaire de l'homme; M. Alix l'a reconnu lui-même. L'autre, appelé *Zambo*, avait au contraire le pli unique des singes. La présence ou l'absence de pli palmaire unique me paraît dé-

Je ne dirai que quelques mots des *corpuscules de Pacini*[1], qui viennent d'être étudiés avec le plus grand soin dans mon laboratoire par un de mes anciens internes, M. Nepveu. Cet habile micrographe a dessiné et décrit les corpuscules de Pacini chez l'homme, le chimpanzé, la guenon, le cynocéphale et le sajou. Il vous soumettra bientôt sur ce sujet un mémoire dont je dois lui laisser la primeur ; je me bornerai donc à vous en formuler la conclusion générale, savoir, que tous les caractères de volume, de forme, de structure, de vascularité que l'on observe chez l'homme se retrouvent presque sans changement chez le chimpanzé, qu'ils se modifient et s'altèrent de plus en plus du chimpanzé à la guenon, de celle-ci au cynocéphale et au sajou, et que, somme toute, les différences qui existent sous ce rapport entre les singes supérieurs et les singes inférieurs sont beaucoup plus grandes que celles qui existent entre l'homme et le chimpanzé.

L'*appareil de la vision* ne présente de variations que chez les primates les plus inférieurs. Les cébiens et les pithéciens, aussi bien que les anthropoïdes, ont le globe de l'œil, les muscles de l'œil et les cavités orbitaires disposés exactement comme chez l'homme. Mais plusieurs lémuriens, tels que les loris (*stenops gracilis*), ont au fond de l'œil un tapis presque aussi chatoyant que celui des chats. Chez ces mêmes loris et chez quelques autres lémuriens, une expan-

pendre, chez le chimpanzé comme chez l'homme, de la conformation du squelette, et surtout de la longueur relative du second métacarpien, plutôt que du degré de perfection du mouvement d'opposition du pouce.

[1] Les corpuscules de Pacini sont de petits corps situés sur le trajet des filets nerveux de la face palmaire ou plantaire de la main et des doigts, du pied et des orteils. Ils sont bien visibles à l'œil nu, mais on ne peut en étudier les connexions et la structure qu'à l'aide du microscope. On a cru à tort que ces corpuscules étaient l'organe propre et exclusif du toucher, mais il n'est pas douteux qu'ils ne jouent un rôle important dans la fonction tactile.

sion musculaire se détache de l'origine des muscles droits de l'œil, longe le nerf optique, et va s'insérer sur la sclérotique un peu en avant de l'extrémité de ce nerf; c'est l'analogie du *muscle choanoïde*, que l'on trouve chez la plupart des quadrupèdes, et dont il n'existe aucune trace dans les quatre premières familles des primates. La cavité orbitaire des lémuriens ne diffère pas moins de celle des autres primates. On sait que chez les carnassiers l'os malaire n'a aucune connexion avec l'os frontal, dont il est séparé par un large intervalle, de sorte que l'orbite n'a pas de paroi externe et communique directement avec la fosse zygomatique. Chez l'homme, au contraire, ainsi que chez tous les autres primates, jusqu'aux lémuriens, la paroi externe de l'orbite est complétement fermée; mais les lémuriens présentent une disposition qui établit évidemment le passage entre ce type supérieur et celui des carnassiers. Chez eux, toute la partie postérieure ou sphénoïdale de la paroi orbitaire externe fait défaut; cette paroi n'est représentée que par une mince colonne osseuse, qui, tout en avant, s'étend de l'os malaire à l'os frontal, et qui complète l'anneau de l'ouverture orbitaire; mais, derrière cet anneau, l'orbite communique largement avec la fosse zygomatique. Sous ces divers rapports, il n'y a aucune différence entre l'homme et les singes supérieurs, tandis qu'il y a des différences considérables entre ceux-ci et les lémuriens.

J'en dirai autant de la direction des axes orbitaires, qui, chez plusieurs lémuriens, sont presque aussi divergents que chez les carnassiers, tandis que tous les autres primates ont les yeux tournés directement en avant. D'une manière générale, les yeux des singes sont plus rapprochés que ceux de l'homme; leur cloison interorbitaire est relativement plus mince, différence plutôt morphologique qu'anatomique; mais cette différence acquiert chez les sagouins (genre *callithrix*, de la famille des cébiens) la valeur d'un caractère vraiment anatomique ; chez eux, en effet, la partie supérieure des fosses nasales est entièrement effacée ; les deux parois internes des orbites et la cloison des fosses nasales sont fusionnées en une cloison unique très-mince, et cette cloison n'est même plus osseuse chez les saïmiris, où elle est formée d'une simple membrane fibreuse.

A l'occasion de l'*appareil de l'olfaction*, je parlerai successivement de la forme du nez et de la constitution anatomique du squelette des fosses nasales.

Il est incontestable que le nez de l'homme est en général beaucoup plus saillant que celui des autres primates, et je m'explique ainsi comment notre collègue M. Rochet, préoccupé surtout de la forme extérieure, a pu demander si le gorille avait vraiment un nez. Mais je lui ferai remarquer que l'on trouve chez tous les singes les éléments : peau, muscles, cartilages, muqueuses, qui rentrent dans la structure du nez humain ; et que même, chez le gorille et le chimpanzé, les petits faisceaux musculaires qui aboutissent à cet organe sont disposés exactement comme chez l'homme. — M. Rochet sans doute ne le nie pas ; mais cette ressemblance anatomique le frappe moins que la dissemblance morphologique. Je lui rappellerai donc que la saillie du nez s'efface presque complétement chez certains hommes, et qu'entre le nez aquilin des sémites et le nez écrasé et épaté de certains nègres, il y a plus de différence morphologique qu'entre ce nez épaté et celui du gorille. Gardons-nous d'ailleurs d'être trop fiers de ce caractère distinctif, en songeant que le nez le plus saillant ne s'observe pas chez l'homme, mais chez le semnopithèque nasique, qui diffère ainsi des autres singes beaucoup plus que de l'homme lui-même.

La position des narines est une conséquence de la forme du nez. Les narines des anthropoïdes et des pithéciens s'ouvrent, comme celles de l'homme, au-dessous du nez.

Jusqu'ici point de différence ; mais les cébiens ont le nez plus aplati et leurs narines s'ouvrent sur les côtés, différence assez importante pour avoir servi de caractéristique aux singes de cette famille, désignés par Geoffroy Saint-Hilaire sous le nom bien connu de *platyrrhiniens*.

Les os propres du nez sont au nombre de deux chez tous les singes comme chez l'homme, mais ils ont plus ou moins de tendance à se fusionner en un seul. Chez l'homme blanc, ils restent distincts jusqu'à un âge assez avancé ; ils se soudent beaucoup plus tôt chez les Hottentots, où leur réunion est quelquefois complète dès l'âge de vingt à vingt-cinq ans. La soudure est beaucoup plus précoce encore chez les anthropoïdes ; ainsi elle est achevée sur ce jeune chimpanzé âgé d'environ deux ans. D'après les observations que j'ai recueillies l'année dernière au British Museum, sur la collection Du Chaillu, la soudure des os du nez est plus prompte chez le gorille que chez le chimpanzé ; et, d'une manière très-générale, on peut dire que les anthropoïdes, comme les pithéciens, diffèrent de l'homme par la fusion très-prématurée de leur suture nasale. Les singes d'Amérique, au contraire, sont sous ce rapport tout à fait semblables à l'homme. Voici plusieurs têtes d'alouate, d'atèle, de sajou, de ouistiti, sur lesquelles les os du nez sont entièrement distincts, quoique l'éruption des dents permanentes soit partout achevée, et quoique l'état des sutures crâniennes de l'alouate indique un âge assez avancé. Ici, ce ne sont pas les singes les plus élevés qui se rapprochent de l'homme ; il n'en est pas moins important de constater que la différence est nulle entre l'homme et les cébiens, tandis qu'elle est très-considérable entre ceux-ci et les singes de l'ancien continent.

M. Alix attache beaucoup d'importance à l'*épine nasale*, sur laquelle vient s'insérer inférieurement la cloison du nez, et dont le degré de développement n'est peut-être pas sans rapport avec la forme de cet organe. L'homme seul, suivant notre collègue, aurait une épine nasale, et ce petit détail anatomique acquiert ainsi à ses yeux la valeur d'un caractère humain. Mais M. Hamy vous a montré qu'il y a ici une double illusion, puisque, d'une part, l'épine nasale devient imperceptible chez certains nègres très-prognathes, et que, d'une autre part, on en trouve le vestige chez le gorille et le chimpanzé. Je n'y insiste pas d'avantage, et je vous renvoie pour plus ample informé au mémoire intéressant que M. Hamy vous a communiqué dans une précédente séance. (*Bull. de la Soc. d'anthropologie,* 1869, p. 13.)

Je n'aurais rien à dire de l'*appareil de l'audition* s'il ne me paraissait pas nécessaire de répondre à une autre assertion de M. Alix. Notre collègue pense que l'homme seul a le pavillon de l'oreille parfaitement arrondi et complétement bordé par le repli de l'hélix, tandis que chez les singes le bord supérieur et le bord postérieur de l'oreille formeraient un angle, une sorte de pointe, au niveau de laquelle la bordure de l'hélix serait plus ou moins interrompue. Je reconnais que cette dernière disposition se rencontre effectivement dans certaines espèces de singes; mais j'ai eu l'occasion de l'observer aussi chez quelques individus de notre race. Et d'une autre part vous pouvez vous assurer, en examinant les deux moules que je vous présente, que l'oreille du chimpanzé et celle du gorille sont aussi arrondies et aussi complétement bordées que celle de M. Alix lui-même.

Pour en finir avec les organes des sens, je dirai quelques mots de la *langue* chez l'homme et chez les anthropoïdes.

Par la forme de cet organe, les anthropoïdes diffèrent peu de l'homme, tandis qu'ils diffèrent beaucoup des cébiens, dont la langue est longue, déliée et pointue; mais la plupart des lémuriens s'en distinguent bien plus encore par une sorte de plaque fibreuse allongée et aplatie, souvent bifide, qui occupe la face inférieure de la portion libre de la langue, et sur laquelle le frein lingual, tantôt simple, tantôt double, vient s'insérer. On trouve même chez quelques-uns d'entre eux un rudiment de ce corps fibreux et vermiforme, qui est connu chez le chien sous le nom de *lytte*.

La conclusion qui découle de l'ensemble de ces faits relatifs aux appareils sensoriaux externes, c'est qu'il n'y a que fort peu de différences entre l'homme et certains singes, tandis que des différences très-considérables existent dans la série des singes.

§ 6. *La dentition et l'os intermaxillaire.*

Le mémoire que M. Magitot vous a communiqué pendant le cours de cette discussion me dispense d'exposer dans ses détails l'anatomie comparée du *système dentaire* de l'homme et des primates. Il y a ici un grand fait qui domine tous les autres, c'est que les anthropoïdes et les pithéciens ont, pour leurs deux dentitions, le même nombre de dents et la même formule dentaire que l'homme, tandis que les cébiens ont quatre dents prémolaires de plus, soit 24 dents de lait au lieu de 20, et 36 dents permanentes au lieu de 32, différence qui constitue un caractère zoologique d'une haute importance et qui pourrait justifier à elle seule la répartition des cébiens dans une famille spéciale[1]. Si cette différence existait entre nous et les anthropoïdes, si la formule dentaire de l'homme n'appartenait qu'à lui seul, ce

[1] Seuls, parmi les cébiens, les ouistitis (genre *Jacchus*) ont 32 dents comme les singes de l'ancien monde; mais leur formule dentaire n'en est pas moins très-différente de celle de ces derniers. Au lieu d'avoir de chaque côté des deux mâchoires 2 prémolaires et 3 grosses molaires, ils ont 3 prémolaires et 2 grosses molaires. Ils sont privés de la troisième grosse molaire ou dent de sagesse, et c'est par là seulement qu'ils diffèrent des autres cébiens, qui ont à la fois 3 prémolaires comme les ouistitis et 3 grosses molaires comme les singes de l'ancien continent.

serait là, certes, un argument que les partisans de l'ordre des bimanes trouveraient décisif. Obligés de reconnaître que, sous ce rapport, l'homme est exactement pareil à un grand nombre de singes, ils se rabattent du moins sur le caractère, plutôt physiologique qu'anatomique, de l'évolution dentaire. La canine permanente de l'homme pousse avant la dent de sagesse ; chez les singes, au contraire, l'éruption de la dent de sagesse précède celle de la canine. Voilà la différence, et l'ordre des bimanes se trouve ainsi distingué de celui des quadrumanes par un caractère nettement formulé. Avouons cependant que ce caractère est trop léger pour qu'on puisse lui donner une valeur ordinale. Quoi donc ? Lorsqu'il s'agit de comparer les singes de l'Amérique avec les singes de l'ancien continent, on trouve avec raison que la différence de leurs formules dentaires, c'est-à-dire l'*existence* ou l'*absence* de certaines dents, ne suffit pas pour constituer un caractère de valeur ordinale ; puis, lorsqu'on approche de l'homme, qu'on le compare aux anthropoïdes et aux pithéciens, on estime qu'une légère différence dans l'ordre d'éruption des dents l'emporte sur l'identité des formules dentaires ; d'un caractère qui serait bon tout au plus pour distinguer deux genres, on essaye de faire le trait distinctif de deux ordres, et l'on se place dans l'ordre supérieur parce qu'on a fait ses canines avant ses dents de sagesse ! C'est se contenter de bien peu ; mais ce peu même, il faut y renoncer. Déjà, il y a trois ans, dans la discussion sur le règne humain, M. Pruner-Bey a reconnu que sur le *dryopithecus fontanæ*, sorte de gibbon fossile découvert à Saint-Gaudens par M. Lartet, l'éruption de la canine avait précédé celle de la dernière molaire. Or ce fait est loin d'être exceptionnel ; il se retrouve, ainsi que M. Magitot nous l'a démontré, dans le genre chimpanzé parmi les anthropoïdes, et, parmi les singes d'Amérique, dans le genre sajou (*cebus*). Je puis confirmer l'exactitude de ce dernier renseignement, ayant vu depuis quelques semaines deux nouvelles têtes de sajous sur lesquelles l'éruption de la canine est terminée, quoique celle de la dent de sagesse ne soit pas commencée. Voici maintenant une tête de *macaque rhesus*, que M. Auzoux a bien voulu me prêter, et sur laquelle vous pouvez voir la canine permanente entièrement sortie, sans que rien fasse prévoir encore l'éruption de la dent de sagesse. De deux choses l'une par conséquent : ou bien l'ordre d'éruption des dents ne constitue, comme je le pense, qu'un caractère de peu de valeur, et alors il n'y a plus lieu de le faire figurer dans notre discussion ; ou bien on continuera à accorder de l'importance à ce caractère, et alors il faudra reconnaître qu'il y a moins de différence entre l'homme et certains singes qu'entre ceux-ci et les autres singes.

Cette proposition devient de plus en plus évidente si l'on descend aux lémuriens, dernière famille des primates. Ici l'on voit de genre à genre varier continuellement les formules dentaires, manquer certaines dents de l'une ou l'autre mâchoire, et apparaître des types qui établissent des transitions vers l'ordre des rongeurs ou vers l'ordre des insectivores. Dans beaucoup de genres, les molaires sont hérissées de pointes, exactement semblables à celles qui caractérisent les molaires des insectivores, disposition qui contraste avec la forme arrondie des cuspides chez tous les autres primates.

L'étude des systèmes dentaires m'amène naturellement à parler de l'*os intermaxillaire* ou *os incisif*, qui supporte les dents incisives supérieures. Que cet os existe chez l'homme, comme chez les autres mammifères, c'est un point que je considère comme acquis à la science et qu'il serait superflu sans doute de discuter ici. Il serait temps d'y revenir si quelqu'un élevait des doutes à ce sujet. Jusque-là, il serait de mauvais goût de prêter à mes adversaires une opinion qu'ils n'ont pas manifestée. Il y a deux choses à considérer dans l'os intermaxillaire : ses connexions et l'époque de sa soudure.

En général, l'os intermaxillaire des singes supporte un prolongement, une sorte d'apophyse montante, qui borde l'ouverture antérieure des narines et remonte jusqu'à l'os nasal, avec lequel elle s'articule. L'apophyse montante du maxillaire supérieur se trouve ainsi séparée de l'ouverture des narines par l'apophyse montante de l'os intermaxillaire ; en d'autres termes, la suture maxillaire, c'est-à-dire la suture comprise entre l'os intermaxillaire et l'os maxillaire supérieur, ne va pas aboutir à la narine, mais au bord externe de l'os nasal, et s'il arrivait qu'un arrêt de développement maintînt cette suture béante, comme cela a lieu chez l'homme dans les cas de bec-de-lièvre compliqué, la fissure osseuse irait se terminer, non pas dans la narine, mais vers le coin de l'œil. Chez l'homme, au contraire, la suture maxillaire, beaucoup plus courte, aboutit directement à la partie inférieure de la narine, et de la sorte l'os intermaxillaire paraît n'avoir aucune connexion avec l'os nasal. On peut formuler cette différence en disant que l'os intermaxillaire des singes possède une *apophyse montante* qui paraît manquer chez l'homme.

C'est là sans doute une différence, mais elle est assez faible ; et d'ailleurs la disposition que l'on observe chez l'homme se retrouve dans quelques espèces de singes. M. Hamy l'a signalée chez les atèles, qui occupent le premier rang dans la série des singes américains. Elle paraît constante dans l'espèce *ateles paniscus* à laquelle se rapporte la tête que je vous présente. Il y a d'autres espèces où elle n'existe qu'exceptionnellement. Par exemple, je l'ai constatée sur une tête de jeune orang déposée, sous le numéro 5080 A, dans le musée du Collége des chirurgiens de Londres, quoique sur plusieurs autres têtes de jeunes orangs, que j'ai étudiées dans le même musée, l'os intermaxillaire remonte jusqu'à l'os nasal. Disons donc que, sous le rapport des connexions *apparentes* de l'intermaxillaire, l'homme diffère de la plupart des singes, mais ressemble pourtant à quelques-uns d'entre eux.

Il y a plus, M. le docteur Hamy a consigné dans sa thèse inaugurale[1] une observation qui, si elle est confirmée par les recherches ultérieures, atténuera singulièrement la différence, déjà légère, que nous venons de constater entre le type de l'homme et le type le plus ordinaire des singes. Sur des embryons humains de deux mois et demi, notre collègue a vu une petite lame osseuse dépendant de l'os intermaxillaire, et constituant une véritable *apophyse montante*, se prolonger sur le bord de la narine et arriver jusqu'au contact de l'os nasal. Cet état, exactement pareil à celui qui persiste en général chez les singes, n'a chez l'homme qu'une très-courte durée. L'apophyse montante de l'intermaxillaire cesse bientôt d'être apparente à l'extérieur ; dès le commencement du troisième mois, elle est masquée par l'apophyse montante du maxillaire, laquelle, en se développant, s'élargit, passe au-devant d'elle, la recouvre entièrement, la déborde, et vient constituer le bord de l'ouverture des narines ; après quoi, ces deux apophyses superposées se fusionnent en une seule lame, qui paraît appartenir seulement à l'os maxillaire, mais qui en réalité provient à la fois du maxillaire et de l'intermaxillaire. Si cette description est exacte, l'intermaxillaire de l'homme est en connexion avec l'os nasal, comme celui des singes ; sa lame montante est seulement plus grêle et plus étroite. Il est fort probable que l'on doit expliquer de la même manière la disposition de l'os intermaxillaire chez les atèles et chez quelques individus du genre orang ; et ce qui dépose en faveur de cette

[1] E. Hamy, *l'Os intermaxillaire de l'homme à l'état normal et à l'état pathologique*. Paris, 1868, in-4°.

opinion, c'est la forme intermédiaire que j'ai constatée au British Museum sur plusieurs têtes de jeunes gorilles de la collection Du Chaillu, et en particulier sur la tête d'une jeune femelle qui n'est pas encore cataloguée, et qui porte déjà quatre numéros provisoires : 61, 7, 27, 8. La première dentition est terminée, la seconde n'est pas commencée. Du corps de l'intermaxillaire se détache une apophyse montante très-grêle, dont l'extrémité supérieure aboutit à l'os nasal, et dont la partie moyenne, rétrécie au point d'être presque filiforme, disparaît un instant derrière l'apophyse montante du maxillaire ; de sorte que l'ouverture de la narine se trouve bordée en haut par l'intermaxillaire, au milieu par le maxillaire, et en bas encore par l'intermaxillaire. J'ajoute que, sur toutes les autres têtes de gorilles de la même collection, l'apophyse montante de l'intermaxillaire, alors même qu'elle n'est nullement masquée par celle du maxillaire, est toujours extrêmement grêle à sa partie moyenne. Cette atrophie d'une partie de l'apophyse montante de l'intermaxillaire établit évidemment un passage entre la disposition que l'on observe chez l'homme et les atèles, où l'atrophie est plus générale, et celle qui existe chez les autres primates.

C'est donc seulement par l'époque de sa soudure que l'intermaxillaire de l'homme diffère réellement de celui des singes. Sur la face antérieure de l'os, la soudure est tellement précoce, qu'elle est, en général, achevée vers la fin de la douzième semaine de la vie intra-utérine. Du côté de la face inférieure ou palatine, elle est plus tardive, et souvent même il en persiste des traces pendant toute la vie ; du côté de la face nasale, enfin, elle reste généralement ouverte jusqu'à l'époque de la naissance ; mais, somme toute, on peut dire que l'intermaxillaire de l'homme n'existe à l'état d'os indépendant que pendant une courte période de la vie embryonnaire, tandis que, chez la plupart des singes, il reste isolé aussi longtemps que les autres os de la face. Gardons-nous de croire toutefois que cette règle soit absolue; car ici, comme dans l'étude de la plupart des autres caractères, nous trouvons chez les singes supérieurs une transition vers le type humain. Déjà chez les semnopithèques et les gibbons, la soudure de l'intermaxillaire s'effectue quelquefois avant la fin de la seconde dentition. J'ai lieu de croire que l'os intermaxillaire du gorille ne se soude jamais avant la deuxième dentition. Mais chez l'orang la soudure est plus précoce; il résulte des observations que j'ai faites dans le musée du Collége des chirurgiens de Londres, qu'elle s'effectue après l'éruption des dernières dents de lait, vers l'époque où sort la première molaire, ce qui correspondrait, chez l'homme, à l'âge de six ans environ. (Voir le jeune orang, nº 5059, de ce musée. La première grosse molaire vient de sortir, la deuxième est encore incluse et toutes les dents de lait sont encore en place. Néanmoins la suture maxillaire est aux trois quarts effacée.) Chez le chimpanzé, enfin, l'os intermaxillaire se fusionne beaucoup plus tôt encore; la soudure était déjà achevée sur les plus jeunes sujets que l'on ait pu étudier jusqu'ici. Ainsi il y a dans la galerie du Muséum une tête de chimpanzé sur laquelle l'intermaxillaire et le maxillaire sont entièrement fusionnés, quoique aucune dent ne soit encore sortie de ses alvéoles, et que le sujet ne paraisse pas avoir plus de deux ou trois mois[1]; et la soudure est tellement complète, qu'elle a évidemment précédé la naissance. C'est tout ce que l'on peut dire aujourd'hui; car il a été impossible jusqu'ici de se procurer des embryons de chimpanzé; on ne sait donc pas à quelle époque commence à se souder

[1] Cette pièce a été décrite et figurée par Em. Rousseau et par Duvernoy. Voy. Duvernoy, *Premier mémoire sur les caractères anatomiques des grands singes pseudo-anthropomorphes.* Paris, 1853, gr. in-4º, p. 11 et pl. V, fig. 7.

l'intermaxillaire de cet anthropoïde; mais ce qui est certain, c'est que si, sous ce rapport, il diffère de l'homme, comme je le crois volontiers, il n'en diffère que fort peu, tandis qu'il diffère presque autant que l'homme lui-même des autres anthropoïdes, et à plus forte raison des autres primates.

§ 7. *Appareil digestif.*

La cavité buccale des anthropoïdes, des cébiens et des lémuriens est disposée comme celle de l'homme. On n'y trouve point ces sacs latéraux qui sont connus sous le nom d'*abat-joues*, et qui constituent l'un des principaux caractères de la famille des pithéciens[1]. Ceux-ci diffèrent donc des autres singes, lesquels ne diffèrent pas de l'homme.

Chez la plupart des singes, comme chez l'homme, les deux conduits excréteurs des *glandes sous-maxillaires*, ou conduits de Warthon, viennent s'ouvrir isolément sur les côtés du frein de la langue. Mais chez les *stenops* (loris), d'après les dissections de Schrœder van der Kolk et Vrolik, ils s'unissent en Y pour former un seul conduit médian qui va aboutir à la muqueuse buccale, non sur le plancher de la bouche, mais sur la base de la langue, au-dessous de l'hyoïde et en arrière du V lingual. Je ne cache pas que cette description m'étonne un peu, attendu que dans tout le reste de la série des mammifères, la glande sous-maxillaire verse sa salive sous la langue; toutefois il faut y regarder à deux fois avant de mettre en doute un fait constaté par deux anatomistes aussi habiles. S'il est vrai que les deux conduits de Warthon des loris aillent s'ouvrir à la base de la langue, c'est là un caractère qui différencie singulièrement ces lémuriens des autres primates.

[1] Les semnopithèques se distinguent à cet égard des autres pithéciens: quelques-uns n'ont pas d'abat-joues, d'autres n'ont que des abat-joues tout à fait rudimentaires.

L'*estomac* des primates est en général simple, c'est-à-dire à une seule loge, comme celui de l'homme ; seuls les semnopithèques et les colobes, qui forment un petit groupe très-naturel en tête de la famille des pithéciens, ont des estomacs, sinon multiples, du moins multiloculaires. M. Owen, dans son *Anatomy of Vertebrates*, ouvrage excellent, auquel j'ai emprunté un grand nombre de faits, a représenté l'estomac du *semnopithecus entellus*[1]; entre la portion cardiaque, qui est dilatée en forme de poche, et la portion pylorique, qui est longue, étroite et recourbée, la partie moyenne de l'estomac communique avec une douzaine de grandes poches, sortes de réservoirs où s'emmagasinent les aliments et où se déposent quelquefois, comme dans les estomacs des ruminants, des concrétions connues sous le nom de *bézoards*. Les autres espèces du genre semnopithèque, et celles du genre colobe ont l'estomac un peu moins compliqué, mais très-compliqué encore, et ce groupe diffère ainsi de tous les autres primates par un caractère organique infiniment plus grave qu'aucun de ceux qui distinguent l'homme des anthropoïdes.

La partie du tube digestif qui porte le nom de *cæcum* présente dans la série des mammifères des formes et des dispositions très-diverses, qu'il serait superflu de décrire ici. Situé à l'union de l'intestin grêle et du gros intestin, ce renflement intestinal est toujours placé à droite, comme le colon ascendant avec lequel il se continue.

Souvent, il est vrai, il est assez mobile pour pouvoir se déplacer et flotter dans le ventre, et souvent encore il n'a aucune connexion avec la fosse iliaque, mais toujours du moins sa membrane péritonéale le relie plus ou moins directement à la partie latérale *droite* du squelette. Chez les quadrupèdes, le cœcum, obéissant à la pesanteur, se détache du squelette et retombe comme l'intestin grêle sur la paroi

[1] Vol. III, p. 432. Londres, 1869, in-8°.

abdominale, entraînant avec lui un repli du péritoine qui lui forme un mésentère connu sous le nom de *mésocœcum*. Mais chez l'homme, ce n'est pas la paroi abdominale, c'est la fosse iliaque interne qui supporte le poids du cœcum ; c'est une conséquence de l'attitude verticale du corps, et le cœcum, appuyé sur une surface immobile, et non plus, comme dans l'autre cas, sur la surface mobile de la paroi abdominale, acquiert beaucoup plus de fixité. Le péritoine, au lieu de l'entourer complétement et de lui fournir un mésocœcum, ne tapisse que sa face antérieure, et, se portant de là sur les côtés de la fosse iliaque droite, il l'y attache solidement[1]. Sous ce rapport, les anthropoïdes ne diffèrent pas de l'homme ; leur cœcum, privé de mésentère, est fixé sur la fosse iliaque droite ; mais celui des pithéciens et de tous les autres primates est mobile et entièrement tapissé par le péritoine, qui lui forme un mésocœcum, comme on le voit chez les quadrupèdes.

On sait que le cœcum de l'homme supporte un petit prolongement qui a été désigné sous le nom d'*appendice vermiculaire*, parce qu'on l'a comparé à un ver lombric, ou sous le nom d'*appendice iléo-cœcal*, parce qu'il s'insère sur le côté interne ou gauche du cœcum, un peu au-dessous de la valvule iléo-cœcale. Comme cet appendice n'existe pas chez les singes ordinaires, pithéciens ou cébiens, on a pu, à une certaine époque, supposer qu'il appartenait exclusivement à

[1] Cette disposition n'est pas constante ; le cœcum de l'homme est quelquefois pourvu d'un mésocœcum et assez mobile pour pouvoir entrer dans la composition des hernies, même des hernies du côté gauche. Mais ce n'est qu'une anomalie reproduisant, comme tant d'autres, un état qui est normal chez d'autres animaux. D'ailleurs le mésocœcum de l'homme, lorsqu'il existe, s'insère toujours sur la fosse iliaque, tandis que chez certains pithéciens, chez les cercopithèques par exemple, le mésocœcum n'est qu'une dépendance du mésocolon ascendant et du mésentère, lesquels ne forment qu'un seul repli inséré seulement sur le côté droit de la colonne vertébrale, immédiatement au-dessous du rein.

l'homme. Mais on sait aujourd'hui qu'il se retrouve chez tous les anthropoïdes. Celui du gorille et celui du chimpanzé sont même plus longs que celui de l'homme ; chez les orangs et les gibbons, il est, au contraire, plus court. Il n'a plus que 35 millimètres de longueur chez le gibbon varié, mais il est encore parfaitement distinct du cœcum, dans lequel il s'ouvre par un orifice étroit. L'orang est celui des anthropoïdes dont l'appendice cœcal diffère le plus du type que l'on observe chez l'homme (ou du moins chez l'homme adulte), car, au lieu de s'ouvrir brusquement dans le cœcum par un orifice rétréci, cet appendice s'implante sur le cœcum par une extrémité évasée en forme d'entonnoir, de sorte que la ligne de démarcation reste quelque peu indécise. C'est l'exagération de la disposition que présente le fœtus humain, et c'est en outre la transition à la forme que revêt le cœcum de la guenon callitriche (*cercopithecus sabœus*) et probablement de quelques autres pithéciens. Chez ce cercopithèque, la partie inférieure du cœcum est surmontée d'une bosselure à large base, que l'on peut considérer comme le premier rudiment d'un appendice cœcal. Quoi qu'il en soit, la plupart des pithéciens, tous les cébiens et beaucoup de lémuriens n'ont ni appendice ni rudiment d'appendice; c'est seulement chez les lémuriens les plus inférieurs, tels que les loris (*stenops*), que l'on voit reparaître l'appendice cœcal, sous la forme d'un rétrécissement cylindrique et terminal, dont la membrane muqueuse se continue d'ailleurs directement, sans rétrécissement ni valvule, avec la muqueuse du cœcum proprement dit. Par ce caractère, l'appendice cœcal des loris diffère considérablement de celui de l'homme ; ce n'est en réalité qu'une partie du cœcum, tandis que l'appendice cœcal de l'homme et des anthropoïdes constitue un organe distinct.

En résumé, si l'on considère le cœcum, d'une part sous le rapport de ses connexions et de sa mobilité, d'une autre part sous le rapport de son appendice, on trouve que cet organe, dans la série des primates, se présente sous deux types bien différents : le premier est commun à l'homme et aux anthropoïdes, et ne se rencontre que chez eux ; dans les trois autres familles de primates on n'observe plus que le second type.

Le *foie* de l'homme, comme on sait, est divisé en deux lobes principaux par le sillon de la veine ombilicale, qui d'ailleurs pénètre peu profondément dans sa substance, et qui ne produit sur son bord antérieur qu'une légère échancrure. D'autres sillons plus courts et moins profonds, visibles seulement, comme le précédent, sur la face inférieure, ont permis aux anatomistes d'établir dans le lobe droit la démarcation de deux petits lobules, connus sous les noms d'*éminences-portes antérieure et postérieure* (cette dernière s'appelle encore le *lobule de Spigel*) ; mais en réalité le foie humain ne se compose que de deux lobes, l'un droit, l'autre gauche, et encore faut-il ajouter que ces deux lobes sont très-peu séparés, qu'ils sont en continuité parfaite du côté de leur face convexe, et que le sillon qui les limite sur la face opposée n'occupe pas même le tiers de l'épaisseur de la glande. Tout autre est le type du foie chez les singes ordinaires. De nombreuses et profondes incisures, occupant la face convexe comme la face concave de cet organe, le divisent et le subdivisent en lobes multiples, inégaux, irréguliers, distincts jusqu'à leur base, et souvent même ne communiquant les uns avec les autres que par leurs vaisseaux et leur conduit. Voici, par exemple, le foie d'un cynocéphale ; vous pouvez voir qu'il est presque aussi compliqué que celui d'un chien ou d'un lapin. Quel est maintenant celui de ces deux types que nous trouvons chez les anthropoïdes ? C'est le premier type, le type humain. Sur le gorille de M. Auzoux, le lobe droit est, il est vrai, subdivisé en deux grands lobes par une échancrure d'ailleurs peu profonde. Mais le foie des orangs et des gibbons est aussi simple que celui de l'homme ; celui du chimpanzé est même plus simple encore, car le lobule de Spigel y est plus petit et le sillon de la veine cave inférieure s'y réduit à une simple dépression. Ici encore, les anthropoïdes diffèrent beaucoup des trois dernières familles des primates et ne diffèrent pas sensiblement de l'homme.

Je ne dirai qu'un mot de la *vésicule biliaire*. Elle existe constamment chez tous les primates, à l'exception des ouistitis, qui en sont privés comme les cerfs, les chevaux, les éléphants, etc. Voilà donc un genre de primates qui diffère de tous les autres par un caractère important ; mais ce genre unique n'est pas le genre homme, c'est le genre ouistiti.

Les replis du péritoine connus sous le nom d'*épiploons* et de *mésentères* n'auraient qu'une faible importance, si l'on ne considérait que leur constitution anatomique et leurs fonctions ; mais les embryologistes qui ont étudié le mode de formation de ces replis savent que leur disposition si compliquée et leurs connexions et apparence si bizarres sont la conséquence des changements de position que subissent les viscères abdominaux pendant l'évolution embryonnaire. Les différences qu'ils peuvent présenter chez les divers animaux acquièrent par là une valeur extrinsèque qui mérite notre attention.

Les faits que je me propose de signaler ont été jusqu'ici presque entièrement négligés par les anatomistes, qui se sont le plus souvent bornés à indiquer la longueur du grand épiploon, caractère insignifiant, au lieu d'en déterminer les connexions. Cette étude, j'ose le dire, est encore tout entière à faire ; si j'indique ici les résultats de mes premières recherches, c'est surtout pour appeler l'attention des observateurs sur ce sujet; je puis néanmoins annoncer dès aujourd'hui que la disposition des mésentères et des épiploons présente de grandes variétés dans la série des primates.

Le grand épiploon s'insère toujours sur le bord convexe ou grande courbure de l'estomac, et, à ce niveau, il se compose constamment de deux feuillets séreux, faisant suite respectivement au péritoine qui tapisse les deux faces de l'estomac. Chez l'homme, ces deux feuillets, bientôt fusionnés en un seul, descendent jusqu'au pubis, derrière la paroi abdominale, puis, se réfléchissant brusquement, remontent au-devant des intestins grêles et vont s'insérer en haut sur le bord convexe du colon transverse, dans toute sa longueur. Comme ce bord du colon transverse est situé immédiatement au-dessous du bord convexe de l'estomac, la plus grande partie du grand épiploon est comprise entre le niveau du colon transverse et le niveau du pubis, et, dans toute cette étendue, ce repli, qui flotte au-devant des intestins grêles comme un tablier, et dont les deux bords latéraux sont libres, se compose de *quatre feuillets séreux*, deux antérieurs descendant de l'estomac, deux postérieurs montant vers le colon. Entre les deux feuillets antérieurs et les deux postérieurs, est comprise une cavité, qui se continue en haut avec l'arrière-cavité du péritoine et qu'on appelle la *cavité du grand épiploon*.

Chez la guenon mone (*cercopithecus mona*) et chez le papion (*cynocephalus sphynx*), le grand épiploon ne se compose que de deux feuillets ; il ne s'insère pas sur le colon transverse, il ne renferme aucune cavité. De l'extrémité pylorique de la grande courbure de l'estomac de la mone part un repli péritonéal très-court et assez fort, qui va s'insérer d'autre part sur la convexité de l'angle droit du colon ; ce repli n'est autre chose que l'extrémité droite du bord supérieur du grand épiploon, dont le bord droit est d'ailleurs libre et flottant dans toute sa longueur [1]. Chez le papion,

[1] Sur le sujet que j'ai disséqué, le bord *gauche* du grand épiploon pre-

l'extrémité droite du grand épiploon s'insère également sur l'angle droit du colon, mais de plus cette insertion se prolonge sur toute la longueur du bord antéro-interne du colon ascendant, jusqu'à la valvule iléo-cœcale, de sorte que le bord droit du grand épiploon n'est pas flottant, mais fixé sur le colon ascendant. Malgré cette différence, l'épiploon du papion et celui de la mone ont entre eux les plus grandes analogies ; ils ont cela de commun qu'ils ne se composent que de deux feuillets, et qu'ils ne s'attachent pas au colon transverse. Il est probable que le même caractère se retrouve chez d'autres pithéciens ; il existe à coup sûr chez le magot, car Vicq-d'Azyr a constaté que chez le *pithèque* (qui est notre magot) le grand épiploon s'insère sur une partie du colon ascendant, mais ne s'insère pas sur le colon transverse[1].

Quelle est maintenant la disposition du grand épiploon chez les anthropoïdes ? Camper dit que « le péritoine et l'épiploon de l'orang sont à peu près comme chez l'homme[2] » ; je n'ai aucune raison d'en douter, mais il est possible que Camper ait méconnu des différences sur lesquelles son attention n'était pas appelée ; à la même époque, on disait aussi que l'épiploon des guenons et des cynocéphales n'avait rien de particulier, et Vicq-d'Azyr le répétait, d'après Daubenton, dans l'ouvrage même où il consignait ses observations sur l'épiploon du magot. Je n'ai pas de renseignements sur le péritoine des gibbons. M. Auzoux a bien

nait, vers le milieu de sa largeur, dans une étendue de plus de 2 centimètres, une insertion solide sur la partie latérale de la paroi abdominale. Quoique rien n'indiquât l'existence d'une ancienne maladie du péritoine, je me suis demandé si cette adhérence n'était pas pathologique. C'est ce que nous apprendrons peut-être des dissections ultérieures.

[1] Vicq-d'Azyr, *Système anatomique des quadrupèdes*. Paris, 1792. In-4°, p. 37.

[2] Camper. *Œuvres d'histoire naturelle*. Paris, 1803. In-8°, t. I, p. 97.

voulu me prêter la masse intestinale desséchée d'un jeune gorille, mais la pièce est tellement altérée, que je n'ose en rien conclure. Le grand épiploon est resté attaché à l'estomac et l'on n'aperçoit pas sur le colon transverse les traces de l'insertion que ce repli aurait pu y prendre ; mais à droite on voit un repli assez fort, qui s'étend de l'extrémité pylorique de l'estomac à l'angle droit du colon ; d'après cela, je suppose, sans oser l'affirmer, que l'épiploon du gorille est semblable à celui de la mone, qu'il se compose seulement des deux feuillets stomaçaux. Reste donc seulement le chimpanzé. Tyson avait déjà dit en 1699 que l'épiploon de cet animal avait les mêmes insertions que celui de l'homme ; cela ne serait peut-être pas suffisant, parce qu'à cette époque on était loin de connaître exactement la disposition des épiploons de l'homme. Mais j'ai pu m'assurer, sur mon jeune chimpanzé, que l'assertion de Tyson est à peu près exacte. L'épiploon du chimpanzé diffère cependant un peu de celui de l'homme par son insertion sur la partie supérieure du colon ascendant ; cette insertion est beaucoup moins étendue que chez le papion et un peu plus que chez la mone ; il y a donc là un tout petit caractère par lequel le chimpanzé se rapproche des pithéciens ; mais sous tous les autres rapports, son grand épiploon ressemble entièrement à celui de l'homme : il s'insère sur tout le bord antérieur du colon transverse ; il se compose de quatre feuillets et il est creux. Il est digne de remarque que ce type se retrouve chez certains cébiens ou du moins chez le sajou brun (*cebus apella*), le seul singe de cette famille dont j'aie pu jusqu'ici étudier le péritoine. Il n'y a point lieu d'ailleurs de s'en étonner, car nous verrons plus d'une fois des caractères communs à l'homme et aux anthropoïdes disparaître chez les pithéciens et reparaître dans les genres supérieurs de la famille des cébiens. Nous pouvons dire par conséquent que l'épiploon établit entre les singes de grandes différences, et établit au contraire une analogie complète entre certains singes et l'homme.

L'étude de la disposition du *mésentère* pourrait nous conduire aux mêmes conclusions ; je ne crois pas cependant devoir donner ici des détails descriptifs qui pourraient paraître minutieux. Je me bornerai à dire que, chez tous les pithéciens et cébiens que j'ai examinés, le colon tout entier est flottant dans le ventre, à l'exception de l'angle droit du colon, qui est fixé par un repli péritonéal solide et assez court au-devant de la veine cave, entre le rein droit et la colonne vertébrale [1]. Il y a donc chez ces animaux un mésocolon descendant, ordinairement très-ample, qui se continue en haut avec le mésocolon transverse ; et un mésocolon ascendant, non moins ample, qui se confond en un seul et vaste repli avec le mésentère proprement dit, et qui est divisé par l'artère mésentérique supérieure en deux moitiés : l'une droite, aboutissant au colon ascendant; l'autre gauche, aboutissant à l'intestin grêle. Chez l'homme, au contraire, le colon ascendant et le colon descendant n'ont pas de mésentère et sont fixés dans les deux régions iléo-lombaires par le péritoine, qui ne tapisse pas leur face postérieure ; et lorsque par exception le péritoine, plus lâche, forme sous le colon ascendant un repli mésentérique, celui-ci reste complétement distinct du mésentère proprement dit. Or ici encore le chimpanzé, le gorille, l'orang se séparent des pithéciens et se confondent avec l'homme ; leur colon ascendant et la partie supérieure de leur cœcum sont fixés par le péritoine, à droite de la colonne vertébrale, au-devant de la veine-cave inférieure, et alors même que le péritoine, un peu plus lâche, leur constitue un petit repli mésentérique, celui-ci, comme le mésocolon éventuel de l'homme, n'a absolument rien de commun avec l'intestin grêle.

[1] Quelquefois l'angle gauche du colon est en outre fixé par un autre repli, qui s'attache entre le rein gauche et la colonne vertébrale.

En résumé, les replis péritonéaux qui s'attachent aux différentes parties du tube digestif ne varient pas sensiblement de l'homme aux anthropoïdes ou du moins à quelques-uns d'entre eux, et diffèrent au contraire beaucoup des anthropoïdes aux pithéciens. Cette étude est encore incomplète, mais les résultats qu'elle a fournis jusqu'ici suffisent pleinement pour notre thèse.

§ 8. *Génération.*

La forme du *pénis* présente, dans la série des primates, des différences très-considérables ; il est certain que sous ce rapport la conformation de l'homme est spéciale[1], mais celle du chimpanzé, celle du gorille sont peut-être plus spéciales encore. Ainsi le gland du chimpanzé, beaucoup plus étroit que le corps du pénis, est en même temps très-long et presque effilé, tandis que celui du gorille, très-volumineux, très-large, très-court, s'étale comme le chapeau de certains champignons à l'extrémité d'un corps caverneux conique. La connaissance de ces faits permet de considérer comme fort improbables les histoires que racontent les nègres sur les prétendues amours des femmes avec les chimpanzés et les gorilles. Mais on ne peut arguer de là pour établir entre l'homme et les anthropoïdes une différence ordinale, puisque sous ce rapport la conformation humaine est intermédiaire entre celle du gorille et celle du chimpanzé, qu'en d'autres termes il diffère deux fois moins de chacun d'eux qu'ils ne diffèrent entre eux. L'orang est celui des anthropoïdes qui s'éloigne ici le moins du type humain, car il possède un gland qui est cylindrique, il est

[1] Il n'existe chez l'homme aucune trace de l'ossicule qui, chez les singes adultes, occupe une partie de la cloison du corps caverneux, et qui n'est que cartilagineux chez les jeunes. La cloison du corps caverneux de l'homme est seulement fibreuse.

vrai, au lieu d'être conoïde, mais dont la largeur est égale à celle du corps du pénis, et dont la longueur relative n'est pas plus grande que chez l'homme. Ce gland est en outre, au dire de Duvernoy, entouré à sa base d'un petit prépuce arrêté par un petit frein qu'on ne retrouve dans aucun autre genre de singes [1]. Enfin l'urèthre de l'orang se termine en arrière par un renflement analogue à notre bulbe, tandis qu'on trouve à peine au même niveau une légère dilatation dans l'urèthre du gorille. Par ces divers caractères, le pénis de l'orang ressemble à celui de l'homme beaucoup plus qu'à celui des autres anthropoïdes. Ajoutons que dans le genre sagouin (*callithrix*, famille des cébiens), le gland est arrondi et conoïde comme chez l'homme.

Le *clitoris* de la plupart des primates ne diffère de celui de la femme que par son volume quelquefois assez considérable [2]. Mais on trouve chez les loris (*stenops*, famille des lémuriens) une disposition toute spéciale. Leur clitoris, long et gros, presque égal en volume à la verge du mâle, est traversé par l'urèthre, comme le pénis des autres primates, de sorte que le méat urinaire vient s'ouvrir à l'extrémité de cet organe. C'est là une différence dont on ne peut méconnaître la valeur, mais ce n'est pas entre l'homme et les singes qu'elle existe : c'est entre les loris et les autres singes.

On sait que la plupart des carnassiers ont de quatre à huit mamelles, placées pour la plupart sous le ventre, tandis

[1] Camper et plusieurs autres auteurs ont nié l'existence du frein chez l'orang ; mais Duvernoy ne parle que de l'espèce connue sous le nom d'*orang de Wurmb*, et Camper ne parlait certainement pas de cette espèce, dont il ne connaissait que le squelette (voy. Camper, *Œuvres d'hist. nat.*, 1803, t. I, p. 64-65, en note).

[2] Chez les *ateles* et les *cebus*, le clitoris, qui est très-long, renferme dans son épaisseur, d'après Leuckart, un ossicule renflé à son extrémité antérieure et analogue à l'ossicule du pénis des singes en général. Le même auteur a trouvé le clitoris bifide chez le *cercopithecus sabæus*.

que l'homme et la plupart des primates n'ont que deux mamelles, attachées à la poitrine. Cette différence n'est pas insignifiante, elle est en rapport avec le nombre des petits de chaque portée ; la diminution du nombre des mamelles est en général le signe d'une moindre fécondité. Or plusieurs lémuriens ont cela de commun avec les carnassiers qu'ils ont plus de deux mamelles. Ainsi les loris, les tarsiers, les microcèbes ont quatre mamelles, deux pectorales et deux inguinales. Chez les *otolichnus*, chez quelques espèces de makis, telles que le mococo ou maki à queue de chat (*lemur catta*), il y a encore quatre mamelles, mais toutes les quatre sont pectorales. Les autres lémuriens, les cébiens, les pithéciens, les anthropoïdes n'ont plus que deux mamelles pectorales; en cela ils ne diffèrent point de l'homme, tandis qu'ils diffèrent beaucoup des primates à quatre mamelles.

L'écoulement menstruel des femelles paraît manquer chez tous les singes d'Amérique, mais il existe, sinon chez tous les pithéciens, du moins dans beaucoup d'espèces de cette famille. Quant aux anthropoïdes, la question est restée douteuse jusqu'ici, parce qu'on n'a pas eu l'occasion d'étudier en captivité des femelles adultes ; mais il est bien probable que ce caractère physiologique ne leur fait pas défaut. Quoi qu'il en soit, il nous suffit de savoir que, dans certaines espèces de singes, l'ovulation périodique s'accompagne, comme chez la femme, d'un écoulement de sang et que d'autres espèces ne présentent pas ce phénomène.

La question de la menstruation touche de près à celle du rut et de la saison des amours. On répète souvent que ce qui distingue l'homme de la brute, c'est de faire l'amour en tout temps. Voici pourtant, à ce propos, ce qu'Erxleben a dit des singes : « Les singes n'ont point d'époque ni de saison déterminée pour leurs amours ; les mâles et les femelles se recherchent en tout temps, même pendant toute la période de la gestation [1] ». Il est probable qu'Erxleben ne parlait que des singes observés en captivité ; j'ai cru néanmoins pouvoir rappeler en passant que l'homme trouve des imitateurs parmi les brutes.

La constitution des ovules, les phénomènes de la fécondation et les premières phases du développement, jusqu'à l'apparition de l'embryon, ne présentent dans la série entière des mammifères monodelphes que des différences presque insignifiantes. Je n'aurai donc pas à m'en occuper. Il est évident que cette étude ne permet d'établir aucune distinction entre les diverses familles de primates. Mais les phénomènes de la gestation et l'évolution de certaines parties des membranes fœtales présentent parmi les primates des différences assez importantes, qu'il me paraît utile de signaler. Ici, nous ne pourrons que bien rarement parler des anthropoïdes, puisque ces animaux ne reproduisent pas en captivité ; le peu que l'on en connaît a été observé sur quelques femelles tuées pendant la durée de la gestation. Quant aux singes des trois dernières familles, ils se reproduisent quelquefois dans les ménageries, et l'on possède sur plusieurs de leurs espèces des renseignements positifs.

La naissance de deux jumeaux est exceptionnelle dans le genre humain, et celle de plus de deux jumeaux, infiniment plus rare encore, peut être considérée comme une anomalie, puisque le plus souvent les enfants ne sont pas viables. En fait, la règle générale est que la femme, à chaque époque menstruelle, n'amène qu'un seul œuf à maturité, et qu'elle ne conçoit par conséquent qu'un seul enfant à la fois.

Chez les pithéciens, la règle est à peu près la même ; mais les portées de deux petits sont moins rares chez les cébiens, où l'on signale spécialement la fécondité du genre ouistiti.

[1] Vicq-d'Azyr, *Système anatomique des quadrupèdes*. Paris, 1792. In-4°, p. 263.

Les portées des ouistitis sont habituellement de deux petits, et les portées de trois sont moins rares chez eux que les naissances gémellaires dans l'espèce humaine. Les makis et plusieurs autres genres de lémuriens sont dans le même cas que les ouistitis, c'est-à-dire que leurs portées sont quelquefois d'un seul petit, ordinairement de deux, et souvent de trois. — Notez que ces portées triples ne sont nullement anormales, que les petits sont vivants et viables, que la mère est en état de les nourrir tous les trois, et que même, dans plusieurs espèces de cette famille, elle a quatre mamelles au lieu de deux. Ainsi, grande analogie, sinon parité parfaite, entre l'homme et les singes supérieurs, et différence très-notable entre ceux-ci et les primates inférieurs, tel est le résultat de l'étude de la fécondité.

La durée de la gestation des anthropoïdes est inconnue ; tout permet de croire qu'elle n'est pas loin de neuf mois. Elle n'est que de sept mois chez les macaques maimon et rhésus (d'après Frédéric Cuvier), de cinq mois seulement dans le genre *cebus ;* elle n'est que de trois mois chez les ouistitis. On a constaté au Jardin des plantes qu'une femelle de *lemur albifrons* avait mis bas au bout de trois mois et demi. — Ici, par conséquent, la différence est moindre entre le genre homme et le genre macaque qu'entre celui-ci et les primates inférieurs.

J'ai dû citer ces faits physiologiques, mais je me hâte de dire qu'ils n'ont, au point de vue zoologique, qu'une importance secondaire. Il n'en est pas de même de ceux qui concernent la constitution anatomique et la forme du placenta. Je n'ai pas besoin de rappeler que le placenta, source de la nutrition du fœtus, est une émanation, une transformation de l'allantoïde. Or les caractères tirés de l'évolution et de la disposition de l'allantoïde ont une telle valeur, que plusieurs zoologistes, à l'exemple de M. de Baer, ont cru pouvoir en faire la base de la distinction des ordres des mammifères; et s'il fallait prouver que ce n'est point là une vue de l'esprit, je n'aurais qu'à citer la classification de M. Milne Edwards, où les faits relatifs à l'anatomie de l'allantoïde jouent le rôle de caractères de premier ordre. L'autorité d'un zoologiste aussi éminent me dispense d'insister plus longtemps sur la portée des caractères tirés de l'étude du placenta.

Tous les primates font partie du groupe désigné par M. Milne Edwards sous le nom de *micrallantoïdés*, c'est-à-dire que leur allantoïde ne prend que peu d'accroissement et que leur appareil placentaire n'occupe qu'une partie relativement assez restreinte de la surface interne de la matrice. Mais si ce caractère est commun à tous les primates, la forme et la disposition du placenta présentent chez eux des différences assez notables, dont les réflexions précédentes ont fait ressortir l'importance.

Le placenta humain est formé d'un seul disque, et le cordon ombilical qui en émerge ne renferme que trois vaisseaux, savoir : deux artères ombilicales et une veine ombilicale unique.

Chez les pithéciens, chez tous ceux du moins dont la génération est connue, le placenta se compose, comme celui de certains rongeurs, de deux disques distincts, disposés en face l'un de l'autre sur les deux côtés de la cavité utérine. Il n'y a toutefois qu'un seul cordon, contenant, comme celui du fœtus humain, deux artères et une veine ombilicale. Ce cordon s'implante exclusivement sur l'un des placentas ; la communication avec le second placenta est établie, non par un cordon, mais par des artères et des veines qui serpentent sous les membranes et vont se rendre sur le premier placenta, à la base du cordon. Chez les macaques, les cercopithèques, les deux placentas sont à peu près égaux. Chez les semnopithèques, celui des deux placentas qui ne supporte pas le cordon est plus petit que l'autre; il est comme atrophié, et cette atrophie, constatée dans le premier genre des pithéciens, peut être considérée comme une tendance à la simplicité qui caractérise le placenta humain.

Un autre type se manifeste chez les cébiens; il a été étudié dans les genres alouate, cebus, callithrix, nocthora et ouistiti, et il est probablement commun à tous les singes d'Amérique. Le placenta de ces animaux, comme celui de l'homme, est formé d'un seul disque ; mais le cordon qui en émane renferme quatre vaisseaux au lieu de trois, savoir : deux artères ombilicales semblables aux nôtres et *deux* veines ombilicales qui ne s'unissent que dans le ventre du fœtus, au niveau du foie. Par la simplicité du placenta, ce type se rapproche du type humain, mais il en diffère essentiellement par l'existence de deux veines ombilicales, caractère dont on ne peut méconnaître l'importance.

Ainsi, l'appareil placentaire des pithéciens et celui des cébiens sont très-différents l'un de l'autre, et très-différents aussi de celui de l'homme. Quel est maintenant, des trois types qui viennent d'être décrits, celui qui existe chez les anthropoïdes? On ne possède aucun renseignement sur le placenta des orangs et des gorilles ; on n'a pu étudier cet organe que sur une femelle de chimpanzé et sur une femelle de gibbon dont l'espèce n'est pas indiquée. Le placenta du gibbon était double. Les deux disques qui le formaient étaient-ils inégaux, comme chez les semnopithèques? M. Owen, à qui j'emprunte ce fait, n'a pas donné de détails [1]. Quant au placenta du chimpanzé, il était simple, discoïde, n'émettait qu'une seule veine ombilicale, et rentrait par conséquent complétement dans le type humain.

Je signale, avant de passer à un autre sujet, un fait curieux relatif à l'embryogénie des ouistitis : chez ces ani-

[1] R. Owen, *the Anatomy of Vertebrates*, vol. III, p. 746. Lond., 1869. In-8°.

maux, la vésicule ombilicale, au lieu de s'atrophier et de disparaître, comme chez l'homme, dès les premiers temps de la vie intra-utérine, persiste jusqu'à la naissance, ainsi qu'on le voit chez les rongeurs. Cette observation est due à Rudolphi, dont le nom est une garantie d'exactitude. Tous les autres primates dont on a pu étudier le développement n'ont qu'une vésicule ombilicale très-passagère, et sous ce rapport ne diffèrent pas de l'homme, tandis qu'ils diffèrent considérablement des ouistitis.

§ 9. *Appareil de la circulation.*

Le *cœur* ne présente, dans la série des primates, et même dans les ordres supérieurs de la classe des mammifères, que des différences peu significatives, relatives à sa forme et à son volume plutôt qu'à sa structure et à la disposition de ses cavités; mais la situation de cet organe, sa direction et ses rapports varient d'une manière très-notable, suivant que l'attitude du corps, dans la station et dans la marche, est horizontale ou verticale.

Chez les quadrupèdes, le cœur a une direction longitudinale, c'est-à-dire que son grand axe est parallèle à l'axe du thorax. Le péricarde, sac séro-fibreux qui l'entoure et dans lequel il se meut, repose sur le sternum et sur les articulations sterno-costales; il y est fixé par de solides adhérences et n'est pas attaché au diaphragme, dont le sépare, comme on le verra plus loin, un prolongement du poumon. C'est la conséquence de l'attitude horizontale du corps : le cœur, plus lourd que le poumon, est entraîné par la pesanteur vers la paroi inférieure de la poitrine, et cette paroi inférieure est constituée non par le diaphragme, mais par le sternum et les cartilages costaux.

Chez l'homme, dont l'attitude est verticale, la direction et les rapports du péricarde et du cœur sont tout autres.

C'est le diaphragme qui forme la paroi inférieure de la cavité thoracique, c'est lui qui supporte le poids du cœur ; mais le cœur, par là même, ne peut conserver sa direction longitudinale : sa pointe ne trouverait sur la voûte convexe et mobile du diaphragme qu'un appui insuffisant et qu'un équilibre instable ; il se couche donc obliquement sur le diaphragme, auquel il répond ainsi par une grande surface, et il en résulte que le péricarde, libre de toute adhérence avec le sternum, contracte des adhérences très-étendues avec la face supérieure du diaphragme.

Comme conséquence nécessaire de cette première différence, la portion thoracique de la *veine cave inférieure* présente chez les vrais quadrupèdes une longueur presque égale à celle du cœur, tandis que chez l'homme, type des bipèdes, l'oreillette droite du cœur, où se rend ce vaisseau, touche presque le diaphragme, de sorte que la veine cave inférieure thoracique n'a que quelques millimètres de longueur.

Étudions maintenant ces divers caractères dans la série des primates. Chez les lémuriens, l'axe du cœur n'est que légèrement oblique, le péricarde n'adhère au diaphragme que dans une très-petite étendue, et la veine cave inférieure thoracique est longue. Chez les cébiens et les pithéciens, le cœur est plus oblique, la veine cave thoracique plus courte, et le péricarde est de plus en plus adhérent au diaphragme; l'adhérence cependant n'est pas assez étendue pour empêcher le poumon de s'interposer encore un peu entre le diaphragme et le cœur. Le type des quadrupèdes est donc déjà atténué, mais il persiste encore, et c'est seulement chez les anthropoïdes qu'il fera place au type humain.

Je n'ai pas de détails assez précis sur la disposition de l'appareil cardiaque des gibbons et des orangs, pour oser affirmer que leur cœur soit aussi oblique et leur veine cave inférieure aussi courte que chez l'homme ; mais pour le gorille et le chimpanzé, les faits sont positifs et décisifs. Par l'étendue des adhérences du péricarde avec le diaphragme, par l'obliquité du cœur, par la brièveté de la veine cave inférieure thoracique, ces animaux s'écartent tout à fait de la constitution des quadrupèdes et ont exactement celle des bipèdes. Et vous me permettrez d'attacher à ces caractères plus d'importance qu'à des faits anatomiques ordinaires ; il serait déjà intéressant, sans aucun doute, de savoir que l'appareil central de la circulation des anthropoïdes diffère de celui des singes pithéciens et ressemble à celui de l'homme. Ce détail d'anatomie descriptive mériterait bien d'être mis en évidence dans un parallèle entre les divers groupes de primates ; mais ce qui lui donne une très-haute signification, c'est l'ensemble des conditions organiques auxquelles il se rattache, c'est la solidarité que l'anatomie comparée des quadrupèdes et des bipèdes établit entre la position du cœur et l'attitude habituelle du tronc. Ce n'est pas seulement par la disposition et la direction des membres qu'un animal est bipède ou quadrupède, mais par son économie tout entière. Il n'est pas nécessaire d'étudier les os et les muscles, il suffit d'examiner la situation des viscères et leurs connexions, pour se convaincre que le tronc des anthropoïdes est presque aussi vertical que celui de l'homme, tandis que celui des autres singes est plus ou moins rapproché de la direction horizontale. C'est ce que nous a déjà montré l'étude de certains viscères abdominaux, c'est ce que vient de nous montrer encore celle du cœur, et c'est ce que celle du poumon confirmera bientôt.

Mais je n'en ai pas encore fini avec les organes de la circulation. La grosse artère qui part du ventricule gauche du cœur, et qui envoie le sang à tous les organes, émet, immédiatement après sa naissance, les artères nourricières du cœur lui-même, puis se dirige d'abord vers la tête ; mais bientôt elle se recourbe à gauche comme une crosse pour se diriger vers l'extrémité caudale du tronc. La *crosse de l'aorte*, tel est le nom de cette partie importante de l'appareil circulatoire, est donc toujours située dans la poitrine, entre la base du cœur et la base du cou ; et de sa convexité, toujours tournée du côté de la tête de l'animal, naissent constamment les troncs artériels de la tête, du cou et des deux membres thoraciques.

Ces artères ont des connexions variables avec la crosse de l'aorte, mais elles sont toujours au nombre de quatre, savoir : deux *artères sous-clavières* [1], l'une droite et l'autre gauche, destinées respectivement aux deux membres thoraciques ; et deux *artères carotides*, l'une droite, l'autre gauche, destinées respectivement aux deux moitiés de la tête. Comme la crosse de l'aorte chemine de droite à gauche, l'ordre régulier d'émergence de ces quatre troncs est le suivant : 1° sous-clavière droite ; 2° carotide droite ; 3° carotide gauche ; 4° sous-clavière gauche. Cet ordre ne peut être interverti que par des anomalies dont je puis me dispenser de parler ici.

Si la crosse de l'aorte, plus longue et plus large, s'étendait jusqu'à la base du cou, elle passerait successivement devant les quatre régions vers lesquelles ces quatre troncs se dirigent, et ceux-ci pourraient émerger directement et isolément de l'aorte elle-même. Mais il n'en est point ainsi ; c'est dans l'intérieur de la poitrine que se fait la courbure, toujours courte et rapide, de l'aorte, de sorte que, d'une part, l'espace sur lequel peuvent naître nos quatre troncs artériels est très-restreint, et que, d'une autre part, ces vaisseaux, obligés, pour gagner la base du cou, de passer à travers l'ouverture supérieure (ou antérieure) de la

[1] Je désigne ces vaisseaux sous le nom qu'ils portent dans l'anatomie humaine, tout en reconnaissant que ce nom est très-défectueux en anatomie comparée, puisque beaucoup d'animaux n'ont pas de clavicule et n'ont par conséquent pas de région sous-clavière.

poitrine, ne peuvent diverger que fort peu dans la partie intrathoracique de leur trajet. Or c'est un fait connu en anatomie et facile à comprendre pour ceux qui ont suivi sur l'embryon le développement des vaisseaux, que deux artères dont les origines sont très-voisines et dont les directions sont peu divergentes tendent à se fusionner en un tronc commun. C'est pourquoi l'on ne voit jamais, à l'état normal, les quatre troncs artériels de la tête et des membres thoraciques naître séparément de la crosse aortique. La convexité de cette crosse serait à la rigueur assez longue pour donner place à leurs quatre insertions, mais ces vaisseaux auraient des origines trop rapprochées et des directions trop peu divergentes pour rester entièrement isolés les uns des autres.

Il se produit donc toujours, au niveau de leur origine, une fusion, générale ou partielle, qui réduit tantôt à trois, tantôt à deux, tantôt à un seulement le nombre des troncs insérés sur la crosse de l'aorte. Ces diverses dispositions dépendent à la fois de la distance comprise entre la base du cou et la crosse de l'aorte — c'est-à-dire de la longueur du trajet intrathoracique des troncs artériels, — et de la largeur de l'ouverture qui fait communiquer le cou avec la poitrine. Si cette ouverture est étroite, et si en même temps la crosse aortique en est éloignée, la divergence des troncs artériels est au minimum, leur fusion est au maximum, et la crosse de l'aorte n'émet qu'*un seul tronc* très-volumineux, qui, parvenu à la base du cou, se divise pour fournir nos quatre artères. Dans les conditions opposées, la divergence est au maximum, la fusion au minimum, et nos quatre artères naissent de l'aorte par *trois troncs* différents. Enfin dans les conditions intermédiaires, les troncs d'origine sont au nombre de *deux*.

Si l'on considère maintenant que la courbure de la crosse de l'aorte est toujours située à gauche, qu'elle est par conséquent plus éloignée de la moitié droite de la base du cou que de la gauche, on comprendra que les deux artères du côté droit doivent avoir plus de tendance à se fusionner que les deux autres. Aussi remarque-t-on que celles-ci naissent quelquefois isolément de l'aorte, tandis que celles-là sont toujours fusionnées à leur origine en un tronc qui peut d'ailleurs fournir, en outre, l'artère carotide gauche.

PRINCIPAUX TYPES DES TRONCS QUI NAISSENT DE LA CROSSE DE L'AORTE.

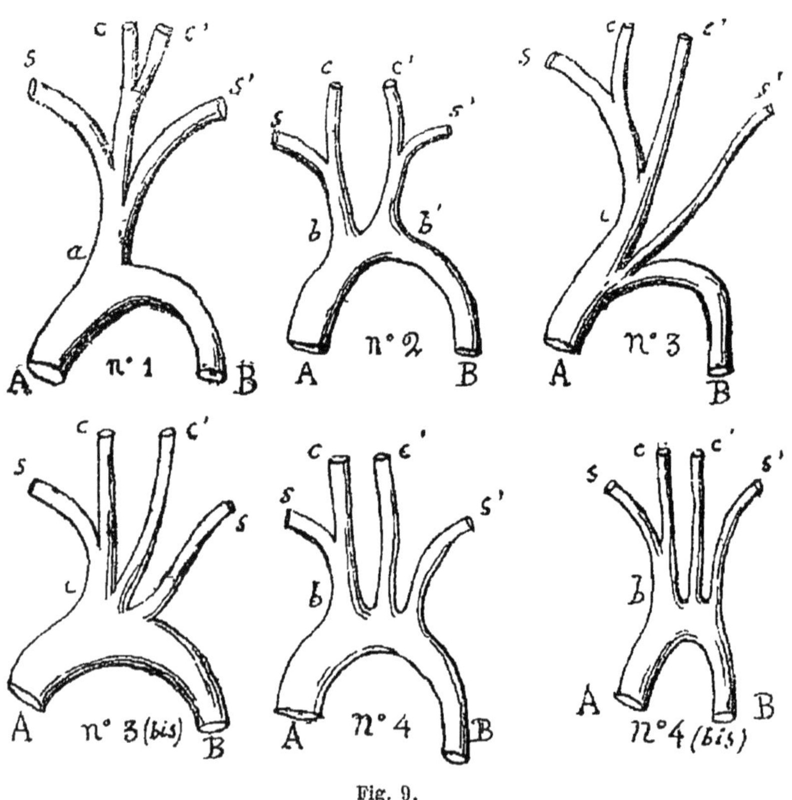

Fig. 9.

A, bout cardiaque de l'aorte. B, aorte descendante ou postérieure. *s*, sous-clavière droite. *c*, carotide droite. *c'*, carotide gauche. *s'*, sous-clavière gauche.

N° 1. *Premier type*, cheval. *a*, l'aorte antérieure.

N° 2. *Second type*, hérisson. *b*, *b'*, les deux troncs brachio-céphaliques (Owen).

N° 3. *Troisième type*, lion. *i*, le tronc innominé (Barkow).

N° 3 *bis*. Orang, *satyrus pantonychius* de Barkow.

N° 4. *Quatrième type*, homme. *b*, tronc brachio-céphalique.

N° 4 *bis*. Jeune chimpanzé (Barkow).

Le but de ces remarques générales est de montrer que la disposition variable des vaisseaux de la crosse aortique n'est pas une simple bizarrerie anatomique, mais qu'elle est la conséquence et l'expression de différences morphologiques d'un ordre plus général, et qu'elle a par conséquent une grande importance.

Cela posé, les formes que présente dans la série des mammifères l'origine des quatre grandes artères de la tête et des membres thoraciques peuvent se ramener à quatre types principaux (voy. fig. 9, p. 135).

Premier type. La crosse aortique ne donne naissance qu'à un seul tronc très-volumineux, qu'on appelle l'*aorte antérieure,* et qui, parvenu vers la base du cou, se subdivise pour fournir nos quatre artères [1].

Formule : $4 + 0 = 4$ ou $scc's' = 4$. Exemple : les solipèdes.

Deuxième type. La crosse aortique donne naissance à deux troncs égaux et à peu près symétriques, appelés le *tronc brachio-céphalique droit* et le *tronc brachio-céphalique gauche.* Chacun d'eux en se bifurquant fournit la sous-clavière et la carotide du côté correspondant.

Formule : $2 + 2 = 4$ ou $sc + s'c' = 4$. Exemple : les chéiroptères, les insectivores.

Troisième type. La crosse aortique donne naissance à deux troncs inégaux. Le premier, par ordre d'origine, est le plus volumineux ; c'est le *tronc innominé* [2] ; il fournit la

[1] Dans les formules qui suivent, *s* désigne la sous-clavière droite, *s'* la gauche, *c* la carotide droite et *c'* la gauche.

[2] Le nom de *tronc innominé,* qui veut dire *sans nom,* s'emploie quelquefois en anatomie humaine pour désigner le *tronc brachio-céphalique ;* c'est simplement ridicule, puisque ce vaisseau a un nom parfaitement clair et connu de tout le monde. Le nom de *tronc innominé* doit donc être réservé pour désigner, en anatomie comparée, le tronc commun des

sous-clavière droite et les deux carotides ; le second, beaucoup plus petit, constitue la sous-clavière gauche.

Formule : $3+1=4$ ou $scc'+s'=4$. Exemple : les carnassiers.

Quatrième type. La crosse aortique donne naissance à trois troncs qui sont successivement : le *tronc brachio-céphalique,* bientôt subdivisé en sous-clavière droite et carotide droite ; puis la carotide gauche et enfin la sous-clavière gauche.

Formule : $2+1+1=4$ ou $sc+c'+s'=4$. Exemple : l'homme.

Qu'allons-nous constater maintenant dans la série des primates ? Tous les lémuriens, tous les cébiens, tous les pithéciens se rattachent complétement au troisième type, c'est-à-dire que leur crosse aortique ne fournit, comme celle des carnassiers, que deux artères, savoir : un tronc innominé trifide et une sous-clavière gauche isolée ($3+1=4$). Le même type se retrouve encore dans le genre gibbon, de la famille des anthropoïdes. Mais déjà chez l'orang il s'atténue et tend à se rapprocher du type humain. Le tronc innominé continue, il est vrai, à fournir la carotide gauche ; mais celle-ci en naît si bas que son insertion se fait presque sur l'aorte ; de sorte que la partie du tronc innominé qui est commune aux trois vaisseaux a à peine 2 ou 3 millimètres de longueur, après quoi le tronc innominé continue son trajet jusqu'à la base du cou, où il se bifurque en sous-clavière droite et carotide droite. Il suffirait donc que l'origine de la carotide gauche fût déplacée de 2 ou 3 millimètres pour que le type humain fût réalisé. C'est ce qui a

deux carotides et de la sous-clavière droite. On pourrait sans doute, en combinant plus ou moins agréablement les noms de ces trois artères, construire un nom applicable au tronc commun d'où elles émanent ; mais il serait d'une longueur démesurée et on a préféré avec raison celui de *tronc innominé.*

lieu chez le gorille et le chimpanzé. Ces deux animaux présentent exactement la même disposition que l'homme, avec lequel ils forment un premier groupe ; les autres primates constituent un autre groupe entièrement différent, et l'orang établit la transition entre les deux groupes.

Le reste du système artériel a beaucoup moins d'importance que la crosse de l'aorte. On ne peut pas dire que les vaisseaux de second et de troisième ordre soient exactement les mêmes chez tous les primates ; mais les différences qu'ils présentent sont peu significatives et laissent toujours persister un type commun. Seuls dans l'ordre des primates, où ils occupent l'un des derniers rangs, sinon le dernier, les loris (*stenops*) ont le système vasculaire constitué suivant un autre type. Leur artère humérale et leur artère iléo-fémorale sont remplacées par des plexus artériels formés d'un grand nombre de petites artères, comme on le voit chez les bradypes, les fourmiliers, les tatous et dans l'ordre des monotrèmes. Il est clair que les loris diffèrent infiniment plus, à cet égard, des autres primates, que ceux-ci ne peuvent différer entre eux.

Je mentionne en terminant le passage de l'artère humérale des makis et de quelques autres lémuriens à travers un canal osseux creusé dans l'humérus, au côté interne du coude. Ce caractère, qu'on retrouve chez quelques carnassiers, a peu de valeur ; toutefois je n'ai pas dû le passer sous silence, puisqu'il fait défaut chez les singes supérieurs comme chez l'homme.

§ 10. *Appareil de la respiration et de la voix.*

A. *Poumon.* Chez la plupart des mammifères, des sillons plus ou moins profonds divisent chaque *poumon* en un certain nombre de lobes grands ou petits. Le nombre des lobes varie d'un à trois dans le poumon gauche, de deux à cinq dans le poumon droit. Celui-ci, plus volumineux, a en général un, deux ou même trois lobes de plus que l'autre. Il est vrai que, parmi ces lobes supplémentaires, je compte le *lobe azygos*, qui est quelquefois assez petit pour n'être plus qu'un lobule, et sur lequel je vais bientôt revenir.

L'étude du nombre des lobes pulmonaires n'a que peu d'intérêt pour nous ; ce caractère est sans valeur zoologique, car il présente souvent, dans le même ordre, les variations les plus étendues : ainsi, pour ne parler que des primates, l'orang a les deux poumons entiers, c'est-à-dire composés chacun d'un seul et unique lobe, tandis que chez tous les autres primates on trouve au moins deux lobes dans le poumon gauche, et au moins trois dans le droit. Dans les trois familles des pithéciens, des cébiens et des lémuriens, le poumon droit est formé de quatre lobes, et le gauche de trois ; c'est une règle à laquelle jusqu'ici je ne connais pas d'exception. On sait que chez l'homme il y a trois lobes à droite et deux à gauche ; la même disposition se retrouve chez le chimpanzé et le gorille. Ces différences sont bonnes à signaler ; elles n'ont toutefois qu'une valeur secondaire, parce qu'elles sont relatives à un fait d'anatomie descriptive pure et simple.

Mais parmi les lobes pulmonaires il en est un, le *lobe azygos*, appelé aussi *lobus impar*, qui, par le rôle qu'il joue dans la statique générale du thorax, acquiert une importance bien supérieure à celle des autres lobes. Je pense en effet que l'étude de ce lobe, de son volume, de ses rapports, constitue l'un des éléments les plus intéressants du parallèle des bipèdes et des quadrupèdes.

Le lobe azygos fait toujours partie du poumon droit. Il est profondément situé à la partie interne de la base de ce poumon, entre la bronche droite, la colonne vertébrale, le péricarde et le diaphragme, sur lequel il s'applique. J'ai dit plus haut, en parlant de la situation du cœur, que le péricarde des quadrupèdes repose sur le sternum et n'adhère que peu ou point au diaphragme. Il reste ainsi, entre le péricarde et le diaphragme, un intervalle plus ou moins grand ; c'est cet intervalle qui est rempli par le lobe azygos. La présence du lobe azygos est donc la conséquence et l'indice de l'attitude horizontale du tronc. Aussi ce lobe manque-t-il entièrement chez l'homme, dont l'attitude est verticale, tandis qu'il existe dans toute la série des mammifères, depuis les marsupiaux jusqu'aux carnassiers [1]. Etudions-le maintenant chez les primates.

Les lémuriens, les cébiens ont un lobe azygos bien développé. Celui des pithéciens est déjà plus petit. Je l'ai trouvé relativement moins gros chez les guenons (*cercopithecus*) que chez les cynocéphales ; on pouvait s'y attendre, puisque les cynocéphales, par tous leurs autres caractères, sont bien plus rapprochés que les guenons du type des vrais quadrupèdes. Je n'ai pas de renseignements sur le volume relatif du lobe azygos des semnopithèques, qui sont les premiers des pithéciens. Mais chez les gibbons, qui sont les derniers des anthropoïdes, le lobe azygos est presque nul ; ce n'est plus qu'un tout petit lobe, peu distinct du lobe inférieur du poumon droit, dont il paraît n'être qu'un prolongement. Au-dessus des gibbons, il n'y a plus de trace du lobe azygos, ni chez l'orang, dont le poumon, comme je l'ai dit plus haut, n'est pas divisé ; ni chez le gorille et le chimpanzé, dont l'appareil pulmonaire est exactement semblable au nôtre ; ni enfin chez l'homme lui-même. Nous trouvons donc le type des bipèdes chez les premiers anthropoïdes,

[1] Il n'y a d'exception que pour les cétacés, dont l'appareil respiratoire et circulatoire diffère à beaucoup d'égards de celui des mammifères ordinaires. Leur sternum étant très-court et leur diaphragme très-oblique, c'est sur le diaphragme que repose le cœur et qu'adhère le péricarde. Il ne reste donc pas de vide entre le diaphragme et le cœur.

et ceux-ci diffèrent des autres primates par un caractère qui distingue manifestement l'attitude bipède de l'attitude quadrupède.

B. *Larynx.* Si l'on n'étudiait que les parties essentielles de l'organe de la voix, les cartilages du larynx, ses muscles, ses cordes vocales, on ne trouverait entre l'homme et les autres primates aucune différence sérieuse. Mais des caractères distinctifs plus manifestes résultent du développement de certaines poches accessoires qui sont connues sous le nom de *sacs laryngers*, et dont on a singulièrement exagéré l'importance.

Chez le gorille et l'orang, on trouve dans la région du cou de grandes poches pleines d'air, qui communiquent avec le larynx, qui se déploient au milieu des muscles, soulèvent les aponévroses et la peau, et dont les prolongements multiples s'étendent jusque dans l'aisselle. Des sacs analogues, mais moins volumineux, se retrouvent chez le chimpanzé, et les partisans de l'ordre des bimanes ont beaucoup insisté sur ce caractère, qui semble, au premier abord, établir une grande différence entre l'homme et les trois genres les plus élevés de l'ordre des quadrumanes.

Mais on aurait dû réfléchir que la plupart des gibbons, quelques pithéciens, la plupart des cébiens, presque tous les lémuriens n'ont pas de sacs laryngers ; de sorte que, si l'homme diffère par là de certains genres de singes, il ne diffère nullement des autres, et qu'en d'autres termes les gorilles, orangs et chimpanzés se distinguent de la majorité des singes tout autant que de l'homme lui-même. Cela seul pourrait suffire pour montrer le peu d'importance de ce caractère. L'étude des sacs laryngers mérite cependant de figurer dans le parallèle de l'homme et des autres primates ; elle va nous révéler, à la place des faits purement *morphologiques* dont on s'est trop préoccupé, des faits *anatomiques* beaucoup plus intéressants et beaucoup plus significatifs.

Les sacs laryngers ne sont pas des organes spéciaux. Ce sont de simples diverticules de la membrane muqueuse du larynx, de véritables hernies, qui s'effectuent en certains points, à la faveur d'une disposition anatomique préalable, mais qui n'existent pas au moment de la naissance, qui le plus souvent ne commencent à se former qu'après l'éruption des premières dents, ou même plus tard encore, et qui croissent ensuite, sous l'influence des efforts, non-seulement jusqu'à l'âge adulte, mais encore jusqu'à la vieillesse. Ces sacs, toutes choses égales d'ailleurs, sont bien plus grands chez les mâles que chez les femelles, où ils ne sont quelquefois que rudimentaires. Ce qu'il importe d'étudier, ce n'est donc pas le volume que les sacs laryngers peuvent atteindre, ni les formes multiples qu'ils peuvent revêtir en s'accroissant, mais la condition anatomique qui en permet la formation. C'est ainsi que, dans l'étude des hernies de l'intestin, on s'occupe moins des dimensions et de la forme du sac que de l'ouverture à travers laquelle il sort de la cavité abdominale. Cherchons donc à déterminer les points où s'effectue la communication des sacs laryngers avec la cavité du larynx. Ces points étant toujours rigoureusement les mêmes dans chaque espèce, la description des sacs laryngers pourra nous fournir des caractères réellement anatomiques.

Duvernoy a cru pouvoir ramener les sacs laryngers des primates à deux types : les *sacs ventriculaires* et les *sacs sous-épiglottiques,* et je reconnais que presque tous les sacs laryngers rentrent dans cette division. Il convient toutefois d'y joindre les *sacs sous-cricoïdiens* et les *sacs crico thyroïdiens.*

Le sac sous-cricoïdien ne s'observe que chez le coaïta (*ateles paniscus*, famille des cébiens). C'est une sorte d'ampoule formée par la dilatation de la partie supérieure de la trachée. L'air expiré s'y accumule avant de traverser la glotte pour produire la voix.

C'est encore au dessous de la glotte que s'ouvre le sac crico-thyroïdien, dont l'existence n'a été constatée que dans deux espèces de la famille des cébiens: l'*eriodes arachnoïdes* et le *hapale rosalia*, connu sous le nom vulgaire de *marikina*. Ce sac, unique, médian et toujours petit, communique avec le larynx par une ouverture située entre le cartilage thyroïde et le cartilage cricoïde. Chez les autres singes que l'on a étudiés jusqu'ici, on n'a trouvé en ce point aucune dépression, aucun vestige du sac crico-thyroïdien.

Dans les deux types qui précèdent, l'air qui distend les sacs laryngers n'a pas encore traversé la glotte, c'est-à-dire l'intervalle compris entre les cordes vocales inférieures, dont la vibration produit la voix. L'air qui s'échappe de ces réservoirs concourt donc à la production des sons vocaux. Dans les deux autres types, au contraire, l'ouverture des sacs laryngers étant *au-dessus* de la glotte, l'air qui y pénètre a déjà agi sur les cordes vocales; ces sacs par conséquent peuvent, comme les fosses nasales, modifier la résonnance des sons, mais ne peuvent en rien participer à leur production. C'est là, au point de vue physiologique, comme au point de vue anatomique, une différence considérable, incomparablement plus grande que celle qui existe entre l'homme et les premiers anthropoïdes.

Les sacs sous-épiglottiques constituent encore un type fort bien caractérisé. Ils s'ouvrent, comme les précédents, sur la ligne médiane antérieure, mais au-dessus du cartilage thyroïde, entre ce cartilage et l'os hyoïde, au niveau ou un peu au-dessous de la base de l'épiglotte. Il n'y a qu'une seule ouverture et par conséquent un seul sac; si ce sac paraît quelquefois double, c'est parce qu'il se déploie en deux poches latérales, qui ne communiquent ensemble qu'à une petite distance de leur ouverture commune dans le larynx. Seul, le gibbon siamang (*hylobates syndactylus*) a deux sacs sous-épiglottiques parfaitement distincts, mais ces deux sacs s'ouvrent sous l'épiglotte par deux ouvertures très-rapprochées, que sépare seulement une mince cloison médiane.

Le sac sous-épiglottique existe dans une espèce de la famille des lémuriens (*lemur mongoz*), dans un très-petit nombre d'espèces de la famille des cébiens, et spécialement chez l'alouate ou singe hurleur (*stentor seniculus*); puis, comme on vient de le voir, chez le gibbon siamang, de la famille des anthropoïdes. Mais c'est surtout dans la famille des pithéciens que l'on rencontre cet organe; on l'y a trouvé dans presque toutes les espèces, à l'exception peut-être de trois [1]; il constitue donc l'un des caractères de cette famille. Rien ne varie d'ailleurs comme son volume; tantôt ce n'est qu'un petit diverticule, logé dans une dépression profonde du corps de l'os hyoïde; tantôt c'est une grande poche à lobes multiples, qui peut, comme chez le mandrill (*cynocephalus mormon*) et le nasique (*semnopithecus nasalis*), s'étendre jusqu'à la base du cou, se prolonger jusque sous les muscles trapèzes, et parvenir jusque dans l'aisselle. C'est ce sac qui, chez le singe hurleur, tapisse la vaste cavité creusée dans l'os hyoïde, et qui donne à la voix un retentissement si puissant. Mais ces différences de volume et de rapport n'ont qu'une valeur secondaire; le type anatomique reste le même; il est caractérisé par l'existence d'une ouverture médiane située sous l'épiglotte, et les animaux qui possèdent cette ouverture diffèrent par un caractère important de ceux qui, comme l'homme, la plupart des anthropoïdes, des cébiens et des lémuriens, n'en présentent aucune trace.

[1] Cuvier a vu manquer ce sac chez l'hamadryas (*cynocephalus hamadryas*), chez le macaque bonnet-chinois (*macacus sinicus*) et chez la guenon mone (*cercopithecus mona*); mais c'est peut-être parce qu'il a disséqué des femelles ou des sujets trop jeunes, chez lesquels le sac sous-épiglottique n'était pas encore développé.

Le quatrième et dernier type des sacs laryngers est celui des *sacs ventriculaires*. C'est par la présence, ou plutôt par le développement de ces sacs que les orangs, les chimpanzés et les gorilles se distinguent de l'homme et de tous les autres primates. Et cependant cette différence, au point de vue de l'anatomie comparée, n'a aucune valeur.

Chez tous les primates, sans en excepter ceux qui ont des sacs laryngers des trois premiers types, il y a de chaque côté du larynx, entre les cordes vocales supérieures et les cordes vocales inférieures, une dépression plus ou moins profonde, connue sous le nom de *ventricule du larynx*. Au fond du ventricule existe presque toujours un prolongement ou *arrière-cavité*, qui, chez l'homme, a la forme d'un bonnet phrygien, et dont le sommet se prolonge, en dehors de la corde vocale supérieure, le long du bord supérieur du cartilage thyroïde, jusque sur les côtés de l'épiglotte, n'étant plus séparé de la surface extérieure du larynx que par une mince membrane fibreuse. La muqueuse du larynx tapisse toute cette arrière-cavité, dont la profondeur peut atteindre et même dépasser 12 millimètres. Ajoutez-y par la pensée quelques millimètres de plus, et la muqueuse laryngienne, soulevant, sous forme de hernie, la membrane thyro-hyoïdienne, viendra former, sur le devant du larynx, deux petites saillies latérales. C'est à peu près dans cet état que j'ai trouvé les choses, chez un jeune chimpanzé dont la première dentition était entièrement terminée. La petite hernie de la muqueuse avait à gauche le volume d'un pois; à droite, le prolongement ventriculaire était plus petit encore et ne traversait même pas la membrane thyro-hyoïdienne. Chez les sujets plus âgés, les deux poches s'accroissent ; elles deviennent énormes chez l'orang et le gorille. Elles s'adossent l'une à l'autre et se fusionnent sur la ligne médiane ; elles poussent, dans plusieurs directions, des prolongements qui se logent sous la mâchoire, sous les muscles sterno-mastoïdiens, sous les trapèzes, passent au-devant de la clavicule, au-dessous de la clavicule, gagnent l'aisselle, et séparent même les faisceaux des muscles pectoraux ; mais toutes ces complications ne sont que des formes secondaires, dérivées d'un même type par voie de protrusion, et n'ont aucune importance anatomique. Le seul point essentiel, c'est le mode d'implantation des sacs sur les ventricules du larynx, leur double cavité, leur origine *double* et *latérale* [1]. Ce sont des organes pairs, tandis que les sacs sous-épiglottiques sont des organes impairs, et, en dépit des apparences extérieures, les trois genres d'anthropoïdes chez lesquels ces sacs se développent ne diffèrent de tous les autres genres de primates, et de l'homme en particulier, par aucun caractère anatomique.

Telle est la conclusion à laquelle nous conduit l'étude approfondie des sacs laryngers. Ce n'est pas entre l'homme et les autres primates que ces sacs établissent une différence de structure, puisque les cavités ventriculaires du larynx se retrouvent chez tous ces animaux. Mais il y a en outre chez certains singes des sacs médians, sous-épiglottiques, crico-thyroïdiens ou sous-cricoïdiens, qui différencient ces espèces des autres beaucoup plus que celles-ci ne diffèrent de l'homme.

Quant à ceux qui, sans vouloir pénétrer dans les détails de l'analyse anatomique, s'attacheraient exclusivement à l'apparence, et persisteraient à ranger l'absence des sacs laryngers au nombre des caractères distinctifs de l'ordre des bimanes, il suffirait de leur rappeler que toutes les espèces de gibbons, excepté le siamang, sont sous ce rapport exactement

[1] Il arrive fréquemment que l'un des sacs laryngers ventriculaires est beaucoup plus petit que l'autre, et quelquefois même l'un d'eux reste rudimentaire ; l'autre alors, en se développant, s'étale des deux côtés de la ligne médiane. Mais alors même qu'un seul sac se développe, il est toujours latéral et ventriculaire.

semblables à l'homme, que la plupart des cébiens et des lémuriens sont dans le même cas, qu'il y a par conséquent, parmi les singes, des différences qui n'existent pas entre l'homme et beaucoup d'entre eux.

§ 11. *Le cerveau.*

S'il est un organe où l'on puisse s'attendre à trouver des différences essentielles, radicales entre l'homme et les autres primates, c'est certainement le cerveau, organe de l'intelligence. — Et au premier abord, le développement tout à fait hors ligne de la masse encéphalique de l'homme semble réaliser cet espoir. En laissant de côté les cerveaux des idiots et des microcéphales, on trouve encore que le plus petit cerveau d'homme, que le plus petit cerveau de femme l'emporte dans la proportion de 3 à 2 sur celui des plus grands anthropoïdes[1]. Mais ce qui, pour l'anatomiste, caractérise les

[1] On ne possède pas jusqu'ici de données certaines sur le poids du cerveau des grands anthropoïdes adultes (gorilles, chimpanzés et orangs). Les jeunes seuls peuvent être pris vivants; les jeunes gorilles captifs meurent toujours très-promptement; les chimpanzés et les orangs, au contraire, s'apprivoisent aisément, et quelques-uns, amenés en Europe, ont pu y vivre plusieurs années, mais tous sont morts avant d'avoir achevé leur croissance. On a pu étudier quelques cerveaux d'adultes apportés en Europe dans l'alcool, mais on sait que l'action de ce liquide diminue considérablement le poids et le volume du cerveau. C'est donc par voie indirecte, d'après les rapports que l'on suppose exister entre la capacité du crâne et le poids de l'encéphale, qu'on a évalué approximativement la masse cérébrale des grands anthropoïdes adultes. Le gorille est celui de ces animaux qui paraît avoir le plus de capacité crânienne; M. Huxley estime que le poids de son cerveau peut aller jusqu'à environ 20 onces, ce qui donne, en mesures françaises, environ 567 grammes. Un crâne de gorille savagii qui appartenait à M. Verreaux, et que j'ai cubé avec M. Alix, avait une capacité de 550 centimètres cubes; et si l'on tient compte du poids spécifique d'une part, de la place occupée par la dure-mère d'une autre part, on est autorisé à penser que ce crâne devait contenir un encéphale de 540 grammes environ. — Chez l'homme

organes, ce n'est pas leur volume ou leur puissance, c'est leur structure, et le célèbre anatomiste anglais Richard Owen l'a bien compris. Pour lui, l'homme ne constitue pas seulement un ordre particulier de la classe des mammifères, il y forme à lui seul une sous-classe, celle des *archencéphales*, élevée au-dessus de tous les autres groupes zoologiques

adulte et sain d'esprit, le poids du cerveau peut s'élever au delà de 1 800 grammes (le cerveau de Cuvier pesait 1 820 grammes), mais il peut descendre jusqu'à 1 139 ; chez un homme de soixante-douze ans, exempt de démence sénile et de maladie cérebrale, je l'ai vu réduit à 1 024 grammes, et ce n'est probablement pas la limite inférieure. Dans le sexe féminin, le maximum est bien moins élevé, et le minimum de poids compatible avec une intelligence saine a pu descendre jusqu'à 975 grammes dans l'âge adulte (quarante-huit ans) et jusqu'à 907 grammes dans la vieillesse (soixante-treize ans). Ces pesées ont été faites sur des individus de race européenne; mais on sait que dans les races inférieures la capacité du crâne est notablement moindre que dans les races d'Europe; elle est déjà réduite de près de 12 pour 100 chez les nègres d'Afrique, et les mesures publiées par M. Meigs établissent une différence de 24 pour 100 entre la capacité moyenne des crânes des Anglo-Américains et celle des Australiens et des Boschimen (voyez mon *Mém. sur le volume et la forme du cerveau* dans *Bull. de la Soc. d'anthrop.*, 1861, t. II, p. 185-186). Si, d'après ces données, on faisait subir aux minima de 975 et de 907 grammes obtenus dans les races d'Europe une reduction de 15 pour 100 seulement, on arriverait bien au-dessous de 800 grammes. Mais il n'est pas probable que les écarts que peut présenter sans maladie le poids de l'encéphale soient aussi grands dans les races inferieures que dans les races supérieures. Un cerveau de femme boschimane, étudié en Angleterre par M. Marshall, ne pesait que 30,75 onces anglaises avoir-du-poids, ce qui fait seulement 872 grammes (R. Owen, *the Anatomy of Vertebrates*, vol. III, p. 144). Admettons que ce soit là le minimum du poids cérébral compatible avec l'intégrité des fonctions intellectuelles des êtres humains, et nous trouverons que, le poids du cerveau de la femme boschimane étant représenté par 100, celui du gorille pourra s'élever à environ 64. C'est à peu près une différence de 3 à 2. On remarquera que j'ai eu soin de ne pas faire entrer en ligne de compte les idiots et les microcéphales, dont le cerveau, ainsi que l'a démontré Vogt dans son *Mémoire sur les microcéphales*, peut rester, même jusqu'à l'âge adulte, plus petit que celui d'un *jeune* chimpanzé.

par la prédominance extraordinaire de l'appareil encéphalique. L'auteur de cette doctrine n'a certes pas négligé de faire ressortir la supériorité du volume de l'encéphale humain, mais il connaissait trop bien les principes de la classification zoologique pour faire de ce fait la base de son argumentation. Il savait mieux que personne qu'une division comme celle qu'il proposait ne pouvait reposer que sur des caractères de l'ordre anatomique ; c'est donc à l'anatomie qu'il a demandé la confirmation de sa doctrine.

Mais les résultats de ses recherches ne lui ont révélé que des différences bien minimes entre le cerveau de l'homme et celui des anthropoïdes, et les trois caractères qui l'ont le plus frappé, ceux qui lui ont paru décisifs, n'auraient vraiment, quand même ils seraient exacts, qu'une valeur tout à fait insuffisante.

Ces trois caractères sont les suivants : 1° le ventricule latéral du cerveau humain, au moment de se réfléchir pour former la corne inférieure ou moyenne envoie en arrière un prolongement connu sous le nom de *corne postérieure*, ou encore de *cavité digitale* ou *ancyroïde;* 2° dans cette cavité ancyroïde existe une petite saillie longitudinale, conoïde, qui en forme la paroi inférieure et qu'on appelle *petit hippocampe* ou *ergot de Morand;* 3° la partie de l'hémisphère cérébral dans laquelle se prolonge la corne postérieure du ventricule forme, en arrière du lobe pariétal ou moyen, un *troisième lobe* ou *lobe occipital.*

L'homme seul, d'après le professeur Owen, posséderait ces trois caractères et se distinguerait par là de tout le reste de la série des mammifères et spécialement des singes.

Mais je ferai d'abord une première remarque relativement au lobe occipital. Si l'on désigne sous ce nom la partie de l'hémisphère qui se place sous l'écaille occipitale ou, ce qui revient à peu près au même, celle qui est située en arrière de la scissure plus ou moins transversale, appelée par Gratiolet la *scissure perpendiculaire*, alors il faudra dire que tous les primates, sans exception, ont un lobe occipital. Ce n'est donc pas ainsi que M. le professeur Owen a voulu caractériser le lobe occipital. Pour lui, ce lobe est la partie du cerveau qui recouvre ou déborde la partie postérieure du cervelet, et dans laquelle se prolonge la corne postérieure du ventricule. Si la corne manque, le lobe occipital n'existe pas. Le troisième des caractères indiqués plus haut se confond donc déjà avec le premier.

Et j'en puis dire autant du second, car le petit hippocampe n'est pas dans le cerveau un organe spécial ; ce n'est qu'une circonvolution retournée dans la cavité ancyroïde. Lorsque cette cavité existe, sa paroi supérieure, protégée par le corps calleux, conserve sa forme concave ; mais sa paroi inférieure, que rien ne consolide, est soulevée par la substance de la circonvolution subjacente ; cette paroi devient donc convexe, et la circonvolution rentrante qui la soulève constitue le petit hippocampe ; c'est de la même manière, au surplus, que se forme, dans la corne inférieure ou moyenne du ventricule, la saillie plus forte appelée le *grand hippocampe*.

Le petit hippocampe n'est donc qu'une conséquence de l'existence de la cavité ancyroïde, et ce second caractère, comme le troisième, se confond avec le premier, de sorte qu'en réalité la thèse du célèbre professeur de Londres se réduit à ces termes fort simples : il y a dans le cerveau de l'homme une cavité ancyroïde qui ne se retrouve sur aucun autre animal.

Ce serait, il faut en convenir, un caractère anatomique d'une bien faible importance, une base bien fragile, eu égard au poids de l'édifice qu'elle doit soutenir ; on comprendrait à la rigueur qu'un organe cérébral supplémentaire, dont les fonctions seraient déterminées et reconnues pour être de premier ordre, put suffire à caractériser un groupe, dans une classification qui reposerait sur la structure de l'encéphale. Mais une cavité n'est pas un organe ; c'est un espace compris entre des organes ; et alors même qu'on ne connaîtrait pas le mode de formation du petit hippocampe et qu'on considérerait ce pli minuscule comme un organe spécial et propre à l'homme, comment pourrait-on donner une valeur plus qu'ordinale à la plus humble, la plus petite et la plus insignifiante des circonvolutions cérébrales ?

Au surplus, ce n'est pas dans ces termes que la question doit être aujourd'hui posée. L'existence de la cavité ancyroïde et du petit hippocampe a été constatée dans le cerveau du chimpanzé et de l'orang. Les recherches de MM. Schrœder van der Kolk et Vrolik, les pièces qu'ils ont présentées à l'Académie des sciences d'Amsterdam, et les dissections ultérieures faites par MM. Rolleston, Flower, Marshall, Turner, etc., ont levé tous les doutes. Et quelles que soient mon estime pour le caractère et mon admiration pour les travaux du grand anatomiste Richard Owen, je crois être autorisé à dire que les caractères anatomiques qu'il a invoqués à l'appui de la distinction de la sous-classe des archencéphales sont illusoires.

C'était aussi l'opinion de Gratiolet, dont les travaux *sur les plis cérébraux de l'homme et des primates* ont jeté tant de jour sur cette partie importante de l'anatomie comparée. C'est aujourd'hui surtout que nous devons déplorer la perte de ce collègue éminent, dont la parole aurait eu tant d'autorité dans la discussion actuelle. Nul n'a proclamé avec plus de conviction et d'éloquence que lui la supériorité de la nature humaine ; il était de ceux qui croient l'homme appelé à des destinées supérieures, et l'ensemble de ses opinions philosophiques et religieuses devait le disposer, plus que tout autre, à ne négliger aucun des caractères qui peuvent établir une différence anatomique entre le cerveau humain et les cerveaux simiens. Mais ce qui dominait en lui, c'était la bonne foi scientifique, et lorsqu'un pareil homme, après quinze ans de recherches assidues, a été conduit à reconnaître que notre cerveau ne renferme aucun organe de plus que celui des anthropoïdes, qu'il n'en diffère que par des détails plutôt morphologiques qu'anatomiques, relatifs à la richesse des circonvolutions et non à leur nombre ou à leurs connexions, il m'est bien permis de dire que son témoignage a ici une portée décisive.

Il est superflu sans doute de vous rappeler un fait sur lequel j'ai déjà eu l'occasion d'attirer votre attention, il y a sept ans, dans cette discussion sur le cerveau à laquelle Gratiolet prit une part si éclatante. La masse énorme et compliquée des circonvolutions cérébrales de l'homme, si variable en apparence d'individu à individu, si variable même — toujours en apparence — sur les deux moitiés d'un même cerveau, se compose cependant toujours des mêmes plis fondamentaux, unis par les mêmes connexions et séparés par les mêmes sillons. Le défaut de fixité, le défaut de symétrie ne concernent que les plis secondaires, les tortuosités, les méandres plus ou moins irréguliers que décrivent en s'allongeant et en se refoulant l'une l'autre les circonvolutions primaires ; mais celles-ci sont invariables, elles sont classées, étiquetées, numérotées, et ce sont seulement les arrêts de développement ou les maladies intra-utérines qui peuvent en altérer le nombre. Eh bien ! ces circonvolutions primaires, ces parties essentielles, communes et seules communes à tous les cerveaux humains, se retrouvent, sans aucune exception, sur les cerveaux de l'orang et du chimpanzé. Le cerveau du gorille est encore trop mal connu pour qu'on puisse en parler avec assurance, mais on en sait cependant assez pour pouvoir dire qu'il est notablement inférieur à celui des deux anthropoïdes que je viens de nommer. Celui des gibbons se simplifie davantage ; la dégradation s'accentue de plus en plus chez les pithéciens, et cependant on y retrouve encore la plupart de nos circonvolutions fondamentales. C'est dans la famille des cébiens qu'on voit ces circonvolutions s'atténuer, s'effacer et disparaître ; dans les genres supérieurs de la famille, elles sont aussi bien formées que chez les pithéciens, elles le sont même mieux que chez les pithéciens inférieurs ; mais déjà chez les sagouins elles sont aussi rudimentaires et aussi rares que chez les fœtus humains de quatre à cinq mois, et chez les ouistitis enfin la surface des hémisphères, entièrement lisse, ne montre plus d'autre sillon qu'une courte vallée, représentant la scissure de Sylvius.

Nous trouvons ainsi dans cette seule famille des cébiens, entre les ouistitis et les sagouins, entre les sagouins et les atèles, des différences infiniment plus grandes que celles qui peuvent exister entre les anthropoïdes et l'homme. Mais que dirons-nous donc si, au lieu de comparer les ouistitis et les sagouins à leurs voisins de la même famille, nous les comparons aux anthropoïdes ? Entre le cerveau lisse des ouistitis et les cerveaux merveilleusement compliqués des chimpanzés et des orangs, il y a un abîme, tandis qu'il n'y a que de légères nuances distinctives entre ces derniers cerveaux et celui de l'homme. Ce n'est pas une mince objection contre les classifications qui reposent sur l'anatomie du cerveau ; car il est bien évident que, si les caractères cérébraux avaient une valeur ordinale ou seulement familiale, il serait de toute impossibilité de maintenir dans le même ordre, et à plus forte raison dans la même famille, les ouistitis, les sagouins et les atèles, qui forment pourtant une famille très-naturelle ; il ne serait pas moins impossible de maintenir dans le même ordre les cébiens, les pithéciens et les anthropoïdes, qui forment pourtant un ordre très-naturel,—sans parler de l'homme, dont je ne puis invoquer ici l'exemple, puisque c'est cet exemple même que je discute.

Les faits qui précèdent prouvent clairement que des espèces très-différentes par leur constitution cérébrale peuvent appartenir au même ordre zoologique ; mais gardons-nous d'en conclure que les caractères fournis par l'étude du cerveau ne soient d'aucun poids dans les classifications. Si, au lieu de considérer un ordre tout entier, on considère les groupes partiels dont il se compose, on trouve, au contraire, que ces caractères ont une grande valeur, car ils établissent d'étroites analogies entre les espèces d'un même genre et entre les genres voisins les uns des autres. En d'autres termes, la similitude des cerveaux prouve le voisinage des espèces ou des genres, et lorsque les cerveaux de deux animaux sont très-semblables, lorsqu'ils ne diffèrent que par des caractères tout à fait secondaires, on est autorisé à en conclure non-seulement que ces deux animaux appartiennent au même ordre, mais encore qu'ils y occupent des places très-rapprochées.

De ce fait que toutes les parties essentielles, toutes les circonvolutions primaires, sont les mêmes chez l'homme et chez l'orang — que je cite ici de préférence parce que, par l'organisation cérébrale, il est notre plus proche voisin — il nous est déjà permis de déduire la conséquence que l'homme et l'orang doivent être rattachés au même ordre zoologique. Mais il n'y a pas à considérer seulement l'existence ou l'absence des parties constituantes du cerveau ; il faut tenir compte aussi de leur développement relatif, d'où résulte la *forme* générale de l'organe. Il est donc intéressant d'étudier maintenant quelques caractères morphologiques, sinon dans toute la série des primates, ce qui serait beaucoup trop long, du moins dans les trois familles supérieures de la série ; et, pour que ce parallèle soit plus facile, je comparerai d'abord le cerveau de la famille humaine avec celui de la famille des pithéciens, me réservant de revenir ensuite sur le groupe intermédiaire des anthropoïdes.

Ce qui distingue le cerveau de l'homme, même dans les races les plus inférieures, c'est le grand développement des circonvolutions de la région frontale. Cette région se développe à la fois dans le sens transversal et dans le sens vertical ; il en résulte que le lobe frontal est à la fois très-large et très-épais, notamment dans sa partie antérieure, qui repose sur les orbites, et qu'il se termine en avant par un contour arrondi. Toujours néanmoins le cerveau est moins large en avant qu'en arrière, de sorte que, lorsqu'on examine de haut en bas cet organe, son contour extérieur présente la forme d'un ovale dont le petit bout est dirigé en avant.

Chez les pithéciens, par exemple chez les cynocéphales, l'extrémité frontale du cerveau est moins large et moins épaisse. Par suite de l'étroitesse de la partie qui recouvre les orbites, les deux côtés de la courbe antérieure s'aplatissent légèrement, et dès lors la partie antérieure du cerveau, plus allongée relativement que chez l'homme, tend à se terminer en pointe.

Cette pointe se retrouve, plus ou moins accentuée, chez tous les pithéciens et même chez les semnopithèques. Elle s'atténue notablement chez les gibbons; mais elle ne se retrouve plus chez l'orang, le chimpanzé et le gorille, dont le cerveau, terminé en avant par une courbe ovalaire, présente exactement la forme humaine [1]. Dans ces trois genres supérieurs du groupe anthropoïde, le développement des lobes frontaux est moindre sans doute que chez l'homme sain, mais il est égal ou même supérieur à celui que l'on observe dans certains cas de microcéphalie. En tout cas, ce premier caractère morphologique place les anthropoïdes plus près de l'homme que des pithéciens.

Un second caractère plus évident encore du cerveau humain, c'est la grande complication des plis circonvolution-

[1] La forme générale du cerveau du gorille est parfaitement connue ; elle a été déterminée à l'aide des moules intra-crâniens.

naires ; quelques-uns se dédoublent, d'autres décrivent des courbes flexueuses ; les sillons qui les séparent sont profonds, anfractueux, et la surface réelle des hémisphères est ainsi rendue très-considérable, eu égard à l'étendue de leur surface apparente. Telle est la complication qui résulte de ce plissement excessif, qu'il est extrêmement difficile de démêler, au milieu de tant de méandres, les limites réelles des circonvolutions, de distinguer les plis primaires, communs à tous les hommes, des plis secondaires, qui varient d'individu à individu, et qui, sur le même cerveau, varient de droite à gauche. Les anatomistes les plus sagaces y ont longtemps échoué, et l'on n'aurait pu sortir de ce désordre apparent sans le secours de l'anatomie comparée. Tout autre est le cerveau des pithéciens : des sillons peu profonds, peu flexueux, quelquefois presque rectilignes, dessinent nettement les limites des circonvolutions primaires, dont les connexions et les rapports ne sont plus masqués par de nombreuses circonvolutions secondaires, et le plissement qui en résulte n'accroît que fort peu l'étendue de la surface réelle des hémisphères. Entre ce type si simple et le type si compliqué du cerveau humain, la différence est vraiment excessive ; elle frappe au premier abord l'œil le plus inexpérimenté.

Le type des circonvolutions simples se maintient dans toute la série des pithéciens ; il n'est pas encore modifié sensiblement chez les semnopithèques, et il ne l'est guère plus chez les gibbons. C'est donc presque sans transition [1] qu'en arrivant au chimpanzé et à l'orang, nous voyons apparaître le type supérieur. Par la complication de leur cerveau, la profondeur de leurs sillons, le nombre des circonvolutions secondaires, l'étendue relative de leur surface, ces

[1] Cette transition sera probablement fournie par le gorille. Le peu que l'on connaît du cerveau de cet animal nous le montre comme plus compliqué que celui du gibbon, mais bien moins compliqué que celui de l'orang et du chimpanzé.

deux anthropoïdes se séparent tout à fait des pithéciens, et ils se rapprochent tellement de l'homme, qu'il faut l'œil exercé d'un anatomiste pour distinguer leurs cerveaux des cerveaux humains, sur des dessins ramenés à la même grandeur, — surtout si l'on prend pour terme de comparaison des cerveaux de nègres ou de Hottentots, qui sont plus simples que ceux des blancs [1]. (Voyez plus loin p. 164, fig. 10.) Hâtons-nous d'ajouter qu'il y a entre les circonvolutions de l'orang et celles du chimpanzé, entre celles de chacun d'eux et celles de l'homme, des différences assez nombreuses ; mais ces différences sont relatives à des caractères tout à fait secondaires, à l'exception peut-être d'une seule, qui concerne les *plis de passage*, décrits avec tant de sagacité par Gratiolet.

Mais, avant de parler des plis de passage, je dois m'occuper d'abord des lobes occipitaux, dans lesquels ils se rendent.

Les lobes occipitaux existent chez tous les primates dont le cerveau est plus ou moins plissé, et en particulier chez tous les pithéciens. Ils recouvrent toujours complétement le cervelet, ainsi que l'a fort bien démontré le professeur William Turner, d'Edimbourg [2]. Leur limite est nettement déterminée, de chaque côté, sur la convexité des hémi-

[1] La figure du cerveau de chimpanzé, publiée en 1849 par Schrœder van der Kolk et Vrolik, et reproduite depuis dans un grand nombre d'ouvrages, s'écarte considérablement de la forme du cerveau humain, attendu que l'extrémité postérieure des hémisphères laisse à découvert une grande partie de la face supérieure du cervelet; mais c'est une illusion d'optique, résultant de la position vicieuse qu'avaient prise les parties, déformées par leur séjour dans l'alcool. Dans leur mémoire de 1861 *sur l'Encéphale de l'orang-outang* (*Acad. des sciences d'Amsterdam*, t. XIII, p. 8), ces deux auteurs ont loyalement reconnu l'exactitude de la critique que Gratiolet leur a adressée à ce sujet.

[2] W. Turner, *on the Anatomical Relations of the Surfaces of the Tentorium to the Cerebrum and Cerebellum in Man and the lower Mammals*, dans *Proceeding of the Royal Society of Edinburgh*. March 3[d], 1862.

sphères, par un sillon qui part de la grande scissure médiane du cerveau, qui de là se dirige transversalement en dehors, et que Gratiolet a désigné sous le nom de *scissure perpendiculaire*.

Ces lobes occipitaux sont très-grands chez les pithéciens, beaucoup plus grands, proportion gardée, que chez l'homme. Ils atteignent leur volume maximum chez les cynocéphales; ils sont déjà moindres chez les macaques et les guenons, et surtout chez les semnopithèques. On les voit décroître encore chez les gibbons et les chimpanzés, puis chez les orangs et enfin chez l'homme où ils descendent à leur minimum. Ce premier point n'est pas sans intérêt; mais ce qu'il y a de plus important, c'est que la complication de leur surface est généralement en raison inverse de leur volume. Cette surface, chez les cynocéphales, les macaques, les guenons, est presque entièrement lisse. C'est à peine si de légères et courtes dépressions linéaires témoignent d'une très-faible tendance à la production des circonvolutions occipitales; à vrai dire, ces circonvolutions n'existent pas encore, et l'absence totale de véritables plis en arrière de la scissure perpendiculaire contraste d'une manière remarquable avec le plissement et les ondulations multiples que présente la surface des hémisphères en avant de cette scissure. On ne dirait pas que ces deux régions appartiennent au même organe, on croirait plutôt qu'il s'agit de deux organes juxtaposés et séparés par la scissure. C'est ce contraste que Gratiolet a exprimé en disant que les lobes occipitaux semblaient appliqués comme une *calotte* derrière les lobes pariétaux des hémisphères.

Chez les semnopithèques, ou du moins dans plusieurs espèces de ce premier genre de la famille des pithéciens, le contraste est déjà moins frappant; la calotte présente une ou deux longues et profondes incisures qui dessinent des circonvolutions. Chez les gibbons, la complication des lobes occipitaux s'accroît encore. Enfin chez les orangs et les chimpanzés, les circonvolutions de la convexité de ces lobes ne sont pas bien loin d'être aussi compliquées que chez l'homme, ce qui contribue beaucoup à donner à leurs cerveaux l'apparence du cerveau humain. Plus encore que les lobes antérieurs, les lobes postérieurs rapprochent, d'une part, les anthropoïdes de l'homme et montrent, d'une autre part, toute la distance qui les sépare des pithéciens.

J'arrive maintenant aux plis de passage, qui jouent un si grand rôle dans la morphologie de la partie postérieure des hémisphères. Placé en arrière du lobe pariétal et du lobe temporo-sphénoïdal, le lobe occipital en est séparé, comme on l'a vu plus haut, par la scissure perpendiculaire; il est néanmoins mis en continuité avec eux par quatre plis qui sont les prolongements de quelques-unes des circonvolutions pariétales et temporales ; ce sont ces plis, ces traits d'union, que Gratiolet a nommés les *plis de passage*. On en compte quatre : deux supérieurs, qui viennent du lobe pariétal ; deux inférieurs ou externes, qui viennent du lobe temporal.

Les plis de passage peuvent être superficiels ou profonds. Ceux qui sont profonds, c'est-à-dire ceux qui n'arrivent pas jusqu'au niveau de la surface de l'hémisphère, n'interrompent pas la continuité de la scissure perpendiculaire ; et pour les apercevoir, il faut écarter les bords de cette scissure. Ceux qui sont superficiels, au contraire, interrompent la scissure, qui reprend aussitôt après ; mais on conçoit que lorsque tous les plis de passage sont superficiels et volumineux, lorsqu'ils sont en outre flexueux, comme cela a lieu chez l'homme, la scissure perpendiculaire puisse être presque entièrement masquée.

Les deux plis de passage temporaux, ou externes, ou inférieurs, sont constants et sont toujours superficiels. Chez tous les pithéciens et même chez les gibbons ils sont minces et peu flexueux ; il en résulte que la partie externe de la suture perpendiculaire est très-apparente ; mais elle l'est moins chez le chimpanzé et surtout chez l'orang, parce que les plis en question sont plus épais ; et elle l'est moins encore chez l'homme. Au surplus, ces variations des plis de passage temporaux ont peu de valeur.

Les plis de passage pariétaux ont beaucoup plus d'importance. Ils sont désignés sous les noms de *premier* et de *second* pli de passage. Le premier, qui manque dans certaines espèces, est situé sur le bord interne de l'hémisphère, au contact de la grande faux du cerveau ; le second, qui est constant, se trouve plus en dehors, vers le milieu de la largeur de la face convexe de l'hémisphère.

Chez l'homme, ces deux plis sont grands, superficiels, et masquent presque entièrement la scissure perpendiculaire, de sorte qu'il faut une certaine attention pour découvrir, du côté de la surface convexe de l'hémisphère, la ligne de démarcation du lobe pariétal et du lobe occipital.

Chez l'orang, les deux plis existent encore, mais le premier seul est superficiel ; le second, l'externe, est caché au fond de la scissure perpendiculaire, qui devient ainsi bien apparente [1].

Chez le chimpanzé, il n'y a, suivant Gratiolet, qu'un seul pli ; l'interne manque entièrement et l'externe est caché au fond de la scissure, de sorte que celle-ci sépare de la manière la plus évidente le lobe occipital du lobe pariétal.

Le type de l'orang se retrouve chez les gibbons et les semnopithèques, celui du chimpanzé chez les macaques et les cynocéphales. Il y a enfin un quatrième type, celui des guenons, qui possèdent les deux plis de passage, mais chez

[1] J'ai trouvé plusieurs fois cette même disposition chez l'homme, et plus particulièrement chez la femme, mais d'un seul côté seulement. J'ai lieu de croire que cette anomalie n'est pas extrêmement rare.

lesquelles ces deux plis sont cachés l'un et l'autre au fond de la scissure.

Tels sont les résultats des longues et intéressantes recherches de Gratiolet. A force de persévérance et de sagacité, cet observateur éminent a enfin découvert un caractère morphologique qui différencie le cerveau de l'homme de celui des anthropoïdes et des pithéciens. Plusieurs anthropoïdes, plusieurs pithéciens ont, comme l'homme, deux plis de passage ; en outre, chez plusieurs d'entre eux, le premier pli est superficiel, comme chez l'homme ; mais l'homme seul a un second pli de passage superficiel.

Gratiolet attachait d'autant plus d'importance à ce caractère distinctif du cerveau de l'homme, qu'il n'en avait pas trouvé d'autre. Mais ne voit-on pas que les plis de passage établissent autant et même plus de différence entre l'orang et le chimpanzé qu'entre l'orang et l'homme ? Puis il est bien permis de se demander quelle est la valeur anatomique de ces différences. La présence ou l'absence d'un pli est, je le reconnais, un fait digne d'attention ; mais la position plus ou moins superficielle de ce pli n'est qu'un phénomène secondaire, si ses connexions et sa structure restent les mêmes ; c'est quelque chose de plus qu'un pur accident de forme, c'est la conséquence du volume et de la longueur du pli, qui, mince et court, reste caché au fond de la scissure perpendiculaire, qui, épais et long, tient plus de place et apparaît à la surface de l'hémisphère ; et je ne prétends pas que ces différences de volume soient insignifiantes. Qu'elles servent à différencier des espèces ou des genres, rien de mieux, mais il est impossible de leur accorder une valeur ordinale ; car alors il faudrait créer deux ordres distincts pour l'orang et pour le chimpanzé, un troisième pour les guenons.

Voici d'ailleurs une remarque qui, je l'espère, vous paraîtra décisive : l'homme n'est pas le seul animal dont les deux plis occipito-pariétaux soient l'un et l'autre superficiels : ils le sont également chez les atèles, de la famille des cébiens. Cela ne diminue nullement l'intérêt des recherches de Gratiolet sur les plis de passage ; car les atèles occupent l'un des rangs les plus élevés dans la série des singes d'Amérique ; de sorte que, dans cette série, comme dans celle des primates de l'ancien monde, le grand développement des plis de passage constitue un caractère de supériorité, ou, si l'on veut, de perfectionnement. C'est à ce titre, et non comme éléments de classification zoologique, que les plis de passage méritent notre attention. Et nous comprenons ainsi que les caractères de ces plis puissent présenter des variations dans la même espèce et, plus encore, dans les deux moitiés d'un même cerveau.

C'est ce que l'on a constaté en particulier chez le chimpanzé. Sur les pièces que Gratiolet avait eues à sa disposition, le premier pli de passage manquait tout à fait ; mais les professeurs Rolleston, Marshall et Turner ont depuis lors trouvé ce pli sur d'autres cerveaux de chimpanzés. Il existait tantôt à droite, tantôt à gauche ; jamais, il est vrai, on ne l'a vu jusqu'ici des deux côtés à la fois, mais il est bien probable que cette coïncidence se présentera tôt ou tard, car le premier pli de passage du chimpanzé n'est pas une anomalie rare ; on ne peut même pas dire que ce soit une anomalie, et M. Turner, après avoir réuni dans un mémoire spécial sur les plis de passage du chimpanzé tous les faits antérieurs à 1865, a pu s'exprimer ainsi [1] : « J'ai lieu de croire que le premier pli de passage, dans un hémisphère au moins, existait dans la majorité des cerveaux de chimpanzés qui ont été décrits ou figurés jusqu'à ce jour [2]. »

1. Turner, *Notes on the Bridging Convolutions in the Brain of the Chimpanzee* (*Proceeding of the Roy. Soc. of Edinburgh*, 1865-1866). Tirage à part, p. 8 et 9.

2 Je possède actuellement le cerveau d'un jeune chimpanzé mâle mort

Le Muséum possède un beau moule de cerveau de chimpanzé, déposé sous le numéro 465 dans la galerie d'anatomie comparée. Ce moule a été fait au Muséum sur le cerveau d'un jeune mâle, mort à la Ménagerie il y a quelques années, après la publication de l'ouvrage de Gratiolet. En voici la photographie de grandeur naturelle, et vous pouvez voir qu'il y a dans l'hémisphère gauche un premier pli de passage très-évident (voy. la figure 11, page 165, 1, 1, 1).

Un autre fait non moins important, c'est que sur l'un des cerveaux de chimpanzés que M. Turner a étudiés, *le second pli de l'hémisphère droit était superficiel*, comme chez l'homme[1]. Le premier pli manquait de ce côté; à droite, au contraire, le premier pli existait, mais le second était caché au fond de la scissure.

Vous pouvez voir la même disposition identiquement répétée sur le moule du Muséum (voy. même numéro, 2, 2); la ressemblance est si parfaite, que l'on pourrait croire qu'il s'agit du même animal, si l'on ne savait que l'un a été disséqué à Edimbourg et l'autre à Paris, et si d'ailleurs le dessin publié par M. Turner ne différait notablement de notre photographie par un grand nombre d'autres détails.

Ainsi les deux caractères humains des plis de passage se retrouvent sur le cerveau de ces deux chimpanzés, à cela près que l'un existe seulement à gauche, l'autre seulement à droite. Cela diminue singulièrement la distance que Gratiolet a établie entre le cerveau de l'homme et celui des anthropoïdes.

Les faits qui précèdent montrent que les cerveaux de chimpanzés sont loin d'être toujours symétriques. Ce défaut de symétrie constitue certainement l'un des traits prin-

au Jardin zoologique d'acclimatation. On y voit, sur l'hémisphère *droit* un premier pli de passage, petit, il est vrai, mais cependant très-évident (note ajoutée pendant l'impression).

[1] *Loc. cit.*, p. 3, fig. 1, lettre *a*.

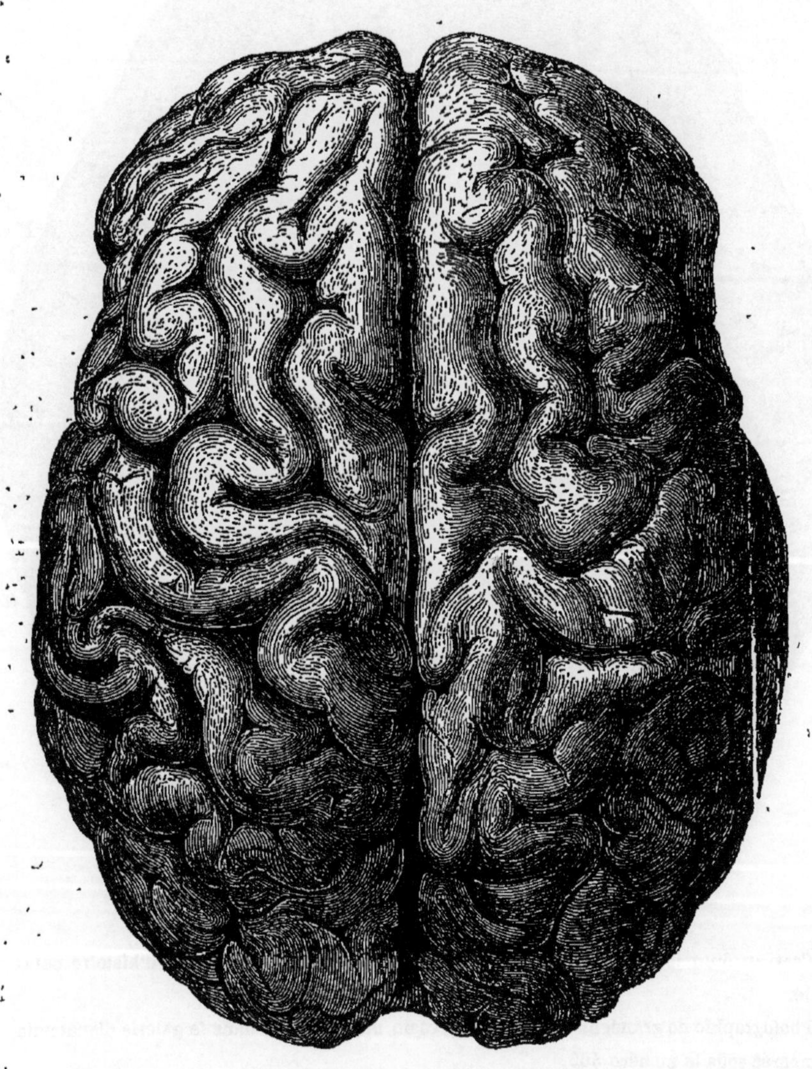

Fig. 10.

Cerveau de la Vénus hottentote. Réduction photographique du dessin de grandeur naturelle publié par Gratiolet. La réduction a été faite de manière à ramener ce cerveau à la longueur de celle du chimpanzé ci-contre. La longueur réelle est de 164 millimètres sur l'hémisphère gauche ; elle est réduite à 103 De même, la largeur est réduite de 125 à 77.

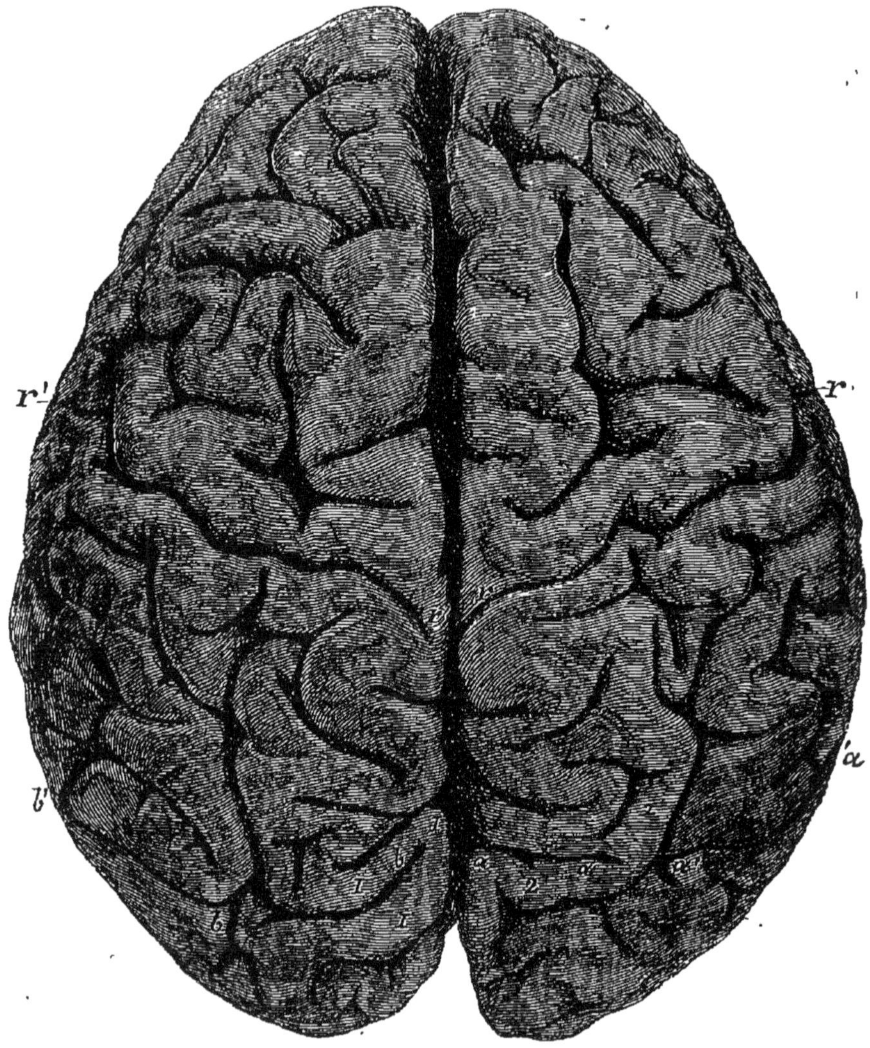

Fig. 11.

Cerveau d'un jeune chimpanzé mâle mort à la ménagerie du Muséum d'histoire naturelle.

Photographie de grandeur naturelle d'après un moule déposé dans la galerie d'anatomie comparée sous le numéro 465.

Ce cerveau est le plus compliqué des cerveaux de chimpanzé qui ont été décrits et figurés jusqu'ici.

rr, sillon de Rolando de l'hémisphère droit; *r'r'*, le gauche; *aaa'a'*, scissure perpendiculaire de l'hémisphère droit interrompue par le second pli de passage, 2,2, qui, de ce côté, est superficiel.

bbb', scissure perpendiculaire de l'hémispère gauche; elle n'est pas interrompue, le second pli de passage étant profond. 1,1,1, premier pli de passage de l'hémisphère gauche, très apparent. Ce pli manque du côté droit.

cipaux du cerveau humain. Chez les pithéciens, dont les circonvolutions sont simples, les deux hémisphères sont toujours très-semblables l'un à l'autre, tandis que chez l'homme, les plis secondaires, très-variables d'un côté à l'autre, rendent l'organe toujours plus ou moins asymétrique. Les cerveaux d'orangs et de chimpanzés, tous ceux du moins dont j'ai pu voir les dessins ou les moules, présentent dans leurs plis secondaires une asymétrie qui le cède à peine à celle des cerveaux humains.

L'asymétrie des plis ou circonvolutions secondaires constitue à mes yeux un caractère de supériorité. J'ai pu m'assurer qu'elle est plus grande dans les cerveaux des blancs que dans ceux des nègres ; chez les idiots microcéphales, le cerveau, en se simplifiant, retourne à la symétrie. Je pourrais montrer que ce fait est parfaitement conforme à ce que nous savons de la physiologie des circonvolutions cérébrales. Il me suffit ici de constater que les circonvolutions deviennent de moins en moins symétriques, à mesure que l'on s'élève dans la série des primates, et que sous ce rapport les anthropoïdes ressemblent beaucoup plus à l'homme qu'aux pithéciens.

Le lobule de l'*insula*, qu'on aperçoit en écartant les bords de la scissure de Sylvius, et qui occupe le centre de chaque hémisphère (d'où est venu le nom de *lobule central*, employé de préférence par quelques auteurs), présente chez l'homme cinq plis, radiés en forme d'éventail et séparés par des sillons peu profonds. Comme ce lobule est lisse chez tous les pithéciens ainsi que chez les cébiens, on a pu croire à une certaine époque que le plissement de l'insula était un caractère propre à l'homme, et l'on insistait sur l'importance de ce caractère, qui était grave en effet, puisque le lobule central qui surmonte le corps strié est en quelque sorte la clef de voûte de tout l'édifice des circonvolutions cérébrales ; mais lorsqu'on a étudié les cerveaux des anthropoïdes, il a fallu reconnaître que la surface de l'insula de l'orang et du chimpanzé est soulevée par cinq plis radiés en éventail, exactement comme chez l'homme. Ici encore nous voyons les primates se diviser en deux groupes, dont le premier comprend l'homme, l'orang et le chimpanzé, et dont l'autre embrasse tout le reste de la série, à l'exception peut-être du gorille, sur lequel ce caractère n'a pu être étudié jusqu'ici.

On trouve chez l'homme, à la base de l'encéphale, en arrière du chiasma des nerfs optiques, sous le plancher du troisième ventricule, deux petits tubercules arrondis dont les fonctions sont tout à fait inconnues et que l'on nomme les *tubercules mamillaires*. Ces tubercules ne se retrouvant pas chez les pithéciens, on a pu croire encore qu'ils n'existaient que chez l'homme. Il n'y avait pas lieu sans doute de tenir beaucoup à une supériorité aussi insignifiante; mais cette supériorité, si c'en est une, n'appartient pas à l'homme seul. Et d'abord il n'est pas exact de dire que les tubercules mamillaires manquent entièrement chez tous les pithéciens : j'ai trouvé chez la mone (*cercopithecus mona*), en arrière du chiasma, un tout petit tubercule médian et indivis qui est évidemment le rudiment de nos tubercules mamillaires. Chez les gibbons, ainsi que vous pouvez le voir sur cette photographie, le tubercule mamillaire est encore médian et indivis, mais il est assez volumineux, et une petite dépression médiane indique déjà une tendance à la séparation de cette masse unique en deux tubercules distincts. Enfin chez le chimpanzé et l'orang, les deux tubercules mamillaires sont isolés et globuleux comme chez l'homme lui-même. Voilà encore une dernière illusion à laquelle nous sommes obligés de renoncer.

Je viens de passer en revue tous les caractères anatomiques ou morphologiques à l'aide desquels on a cherché à séparer le type du cerveau humain de celui du cerveau des autres primates ; vous avez pu voir que ces caractères différentiels sont tantôt tout à fait illusoires, et tantôt tellement faibles, qu'ils ne laissent entre l'homme et les anthropoïdes qu'un intervalle très-étroit, tandis qu'ils établissent au contraire une distance considérable et parfois excessive entre les anthropoïdes supérieurs et la plupart des genres de pithéciens ou de cébiens. L'immense supériorité de l'intelligence de l'homme dépend du volume, de la puissance et non de la structure anatomique de son cerveau, et jamais il ne fut plus évident qu'au point de vue zoologique, qui seul nous occupe ici, l'homme diffère moins de certains singes que ceux-ci ne diffèrent de certains autres singes.

§ 12. *Résumé et conclusion.*

Me voici parvenu, messieurs, à la fin de ma tâche, et je ne saurais trop vous remercier d'avoir bien voulu m'accorder si longtemps votre attention. De cet exposé, trop long peut-être et pourtant bien incomplet encore, il résulte, je pense, qu'il n'existe entre l'homme et les autres primates aucun caractère distinctif de la valeur de ceux sur lesquels repose la séparation des ordres zoologiques. Quel que soit le système anatomique, l'appareil ou l'organe que nous ayons examiné, soit que nous ayons considéré la forme ou les connexions, ou la structure, toujours nous avons trouvé à côté de l'homme un certain nombre de singes plus semblables à lui qu'aux autres singes, et par conséquent il serait contraire à tous les principes de la classification de l'exclure de cet ordre de primates, auquel il se rattache si manifestement par l'ensemble comme par les détails de son organisation.

Certes, je ne nie pas qu'il y ait entre l'homme et ses plus proches voisins des caractères distinctifs d'une grande importance ; ces caractères, plutôt morphologiques qu'organiques, me paraissent de la nature de ceux qui servent à établir dans les ordres zoologiques la séparation des *familles*. Dois-je maintenant les réunir ici, et, après avoir prouvé qu'ils sont inférieurs aux caractères dits *ordinaux*, dois-je, dans une nouvelle argumentation, prouver qu'ils sont supérieurs aux caractères simplement *génériques?* Ce serait, je l'espère, tout à fait superflu, puisque personne ici n'a entrepris de réunir l'homme et les anthropoïdes dans une seule et même famille.

Je conclurai donc en disant, avec Godman, Charles Bonaparte, Dugès et Isidore Geoffroy Saint-Hilaire, que l'homme constitue moins qu'un ordre et plus qu'un genre, qu'il forme à lui seul une famille, la première famille de l'ordre des primates.

Dans l'étude des nombreux caractères que j'ai successivement passés en revue, vous avez pu voir presque toujours chaque appareil, chaque organe suivre dans la série de primates une sorte d'évolution, dont le premier terme s'observe en général chez les lémuriens inférieurs, et dont le dernier terme se trouve en général dans l'organisme humain; mais vous avez pu voir en même temps que cette gradation d'espèce en espèce et de genre en genre est loin d'être la même pour tous les caractères. C'est donc en vain que l'on chercherait à établir parmi les primates cette série unique, continue, ininterrompue, qui fut autrefois le rêve de plusieurs naturalistes illustres, mais qu'on ne trouve nulle part dans la nature. D'une manière générale toutefois, la hiérarchie des familles de l'ordre des primates ne peut être méconnue, et vous me permettrez sans doute de considérer ces familles comme d'autant plus élevées qu'elles se rapprochent davantage, par l'ensemble de leurs caractères, du type de l'homme. La famille inférieure est celle des lémuriens, qu'on a souvent appelés les *faux singes*; au-dessus d'elle se place évidemment la famille des cébiens;

plus haut encore celle des pithéciens, puis celle des anthropoïdes, que précède immédiatement la famille humaine.

Chercherai-je maintenant quel est, parmi les anthropoïdes, le genre qui aura l'honneur d'être le premier de la famille et de s'intituler le plus proche voisin de l'homme? C'est ici surtout que se manifesté cette irrégularité de l'évolution des caractères que je signalais tout à l'heure. Naguère, lorsqu'on découvrit le gorille, on crut un instant reconnaître en lui le véritable chef de la famille anthropoïde. On attachait alors une importance prédominante aux caractères des extrémités des membres; c'était tout naturel, puisque c'était par là que l'on distinguait l'ordre des bimanes de celui des quadrumanes. Or il est tout à fait certain que, par la conformation de ses membres, le gorille approche de l'homme plus que tout autre animal. Mais si l'on considère les caractères cérébraux, dont l'importance est au moins égale, on voit l'orang s'élever bien au-dessus du gorille; — puis, si l'on tient compte à la fois de la constitution des membres et de celle de l'encéphale, on trouve que le chimpanzé, dans les deux cas, occupe la seconde place, mais une place à peine inférieure à la première et très-supérieure à la troisième, et l'on est en droit de se demander si la réunion de ces deux avantages relatifs ne lui donnerait pas, en moyenne, la supériorité sur l'orang aussi bien que sur le gorille. Il n'est pas jusqu'aux gibbons qui ne puissent, à certains égards, réclamer la primauté, car la disposition de la colonne vertébrale et la constitution du sternum sont plus voisines du type humain chez le gibbon siamang (*hylobates syndactylus*) que chez aucun autre anthropoïde. Somme toute, l'orang, le chimpanzé, le gorille sont certainement au-dessus des gibbons; on peut les considérer comme constituant à eux trois une subdivision supérieure de la famille des anthropoïdes, mais je ne crois pas que l'on soit autorisé jusqu'ici à établir une hiérarchie entre eux.

J'aborde enfin une dernière question : les cinq familles qui composent l'ordre des primates sont-elles également espacées dans cet ordre ? Les caractères qui les distinguent les unes des autres ont-ils une valeur à peu près équivalente ? Non certainement. Si l'on ne considère que l'ensemble de la structure anatomique, il faut reconnaître que la famille des lémuriens est bien plus éloignée de la famille des cébiens, qui l'avoisine le plus, que ne le sont respectivement, dans leur progression ascendante, les quatre familles supérieures. C'est là, entre les cébiens et les lémuriens, qu'existe dans la série des primates l'interruption la plus accentuée. Des cébiens aux pithéciens, la distance anatomique, quoique moindre, est encore considérable, tandis que des pithéciens aux anthropoïdes et des anthropoïdes à l'homme les transitions sont beaucoup moins brusques. Mais si, aux considérations de l'anatomie pure, on joint celles de la physiologie, on trouve au contraire — abstraction faite de toute préoccupation métaphysique — que le plus grand intervalle est au haut et non au bas de la série, entre la seconde famille et la première, entre les anthropoïdes et l'homme.

Je sais combien il importe de surveiller et de maintenir dans de justes limites l'intervention de la physiologie au milieu des faits de l'anatomie comparée. C'est dans les organes eux-mêmes et non dans l'étude de leurs fonctions que doivent être cherchés les caractères zoologiques. Il est clair toutefois que l'importance de ces caractères se mesure à l'importance des phénomènes physiologiques qui en découlent. Or on ne saurait méconnaître la différence qui existe entre un organe qui a atteint son plus haut degré de perfection et celui qui n'y est pas encore entièrement parvenu. Une modification même légère peut réaliser un changément physiologique considérable et entraîner des conséquences de la plus haute gravité. L'étude de la colonne vertébrale, de ses muscles, de son équilibre, celle des os et des muscles des membres, celle des organes thoraciques et abdominaux, nous ont prouvé que les anthropoïdes sont incomparablement plus rapprochés du type des bipèdes que de celui des quadrupèdes ; mais les conditions d'un équilibre vertical parfait et d'une marche libre, facile, habituelle sur leurs deux pieds ne sont pas encore complétement réalisées chez eux, et ils restent attachés à un mode d'existence qui ne diffère pas beaucoup de celui des autres primates.

Maintenant, aux conditions anatomiques qui sont déjà réunies en eux, ajoutez le peu qui leur manque pour devenir tout à fait droits, pour être en parfait équilibre sur leurs deux pieds, sans fatigue musculaire bien notable, et vous verrez aussitôt s'agrandir presque indéfiniment les horizons de la vie. L'homme, car c'est de lui que je parle à présent, pourra déployer et utiliser partout ses forces. Il ne sera plus confiné dans la forêt, il pourra parcourir la savane, traverser les steppes, habiter à son choix la plaine ou la montagne, et devenir le conquérant de la planète entière. Sa main, détachée du sol, ne sera plus qu'un merveilleux instrument de travail, instrument actif à l'aide duquel il pourra se créer des instruments passifs, fabriquer et manier des outils, des armes offensives et défensives. Capable de courir partout, il pourra poursuivre et atteindre une proie vivante et ajouter à son régime végétal une nourriture animale.

C'est ainsi qu'un perfectionnement organique léger en soi peut amener des conséquences fonctionnelles diverses, nombreuses, profondes. Ce défaut de proportion entre le changement anatomique et le changement physiologique se manifeste dans le développement de l'individu au moment où un organe achève son évolution, et dans la série zoologique au moment où un organe atteint, non pas la perfection absolue que personne ne saurait définir, mais une perfection relative, par rapport à une fonction déterminée.

Voilà pourquoi, dans le parallèle de l'homme et des anthropoïdes, la comparaison des organes ne montre que des différences légères, tandis que la comparaison des fonctions en révèle de beaucoup plus grandes. Et voilà pourquoi je trace entre ces deux premières familles de l'ordre des primates une démarcation plus profonde qu'entre les familles suivantes. L'anatomie morte n'autoriserait pas cette conclusion, mais l'anatomie vivante nous permet de dire, sans vain orgueil, que la famille humaine s'élève, par son organisation, à une grande distance au-dessus de celle qui en approche le plus.

Un collègue illustre que nous regrettons toujours, et aujourd'hui plus que jamais, exposant un jour les analogies et les différences de l'homme et des singes, termina son éloquente leçon par ces paroles entraînantes : « Oui, dit-il, par sa forme, par sa structure, par l'ensemble de ses dispositions organiques, l'homme est un singe ; mais par son intelligence, par les créations de sa pensée, l'homme est un dieu ! »

Je ne suis pas assez versé dans la métaphysique, messieurs, pour discuter les caractères auxquels on pourrait reconnaître dans un Lacenaire la nature d'un dieu ; mais sur le premier point je répondrai résolûment : Non, l'homme n'est pas un singe, car il s'élève au-dessus du singe de toute la distance qui sépare l'ébauche du type achevé. Et considérant froidement l'antithèse qu'un mouvement oratoire fit jaillir de la bouche plutôt que de la pensée de notre regretté collègue, je dirai à mon tour :

Ni si haut, ni si bas : l'homme n'a mérité
Ni cet excès d'honneur ni cette indignité.

La zoologie, en lui assignant une place dans ses cadres, constate sa prééminence ; il est le premier des primates, le premier des premiers. Cela peut bien suffire à son ambition et à sa gloire.

TABLE DES FIGURES

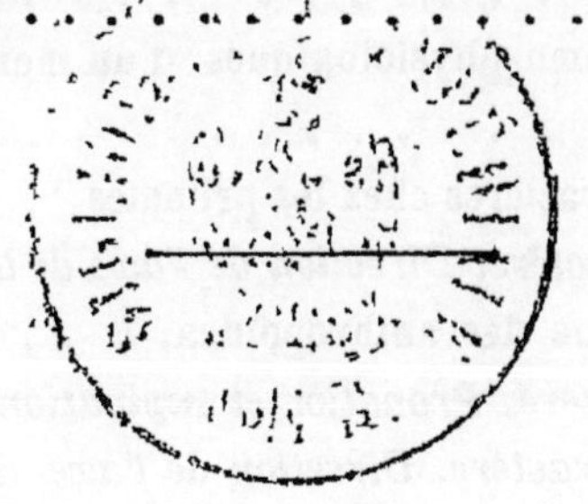

TABLE DES MATIÈRES

Paris. — Typographie A. Hennuyer, rue du Boulevard, 7.

www.ingramcontent.com/pod-product-compliance
Ingram Content Group UK Ltd.
Pitfield, Milton Keynes, MK11 3LW, UK
UKHW021045200726
13857UKWH00003B/828